UNA MUERTE IMPERFECTA

J. J. FERNÁNDEZ

Título original: *Una muerte imperfecta*

ISBN: 978-1-9168882-0-3

Para Michael

1

Lunes, 9 de enero de 2006
Hora: 08.27

El final de esta historia empieza aquí, un lunes cualquiera de un gélido enero. Siempre habrá un antes y un después de esta fatídica semana separados, quizás, por la visita inesperada de la policía.

Me despierta un fuerte olor a sudor. Estoy enredada entre sábanas y trato de sacar la cabeza y respirar un aire más limpio. Anoche olvidé cerrar las cortinas, y la luz de la mañana es intensa. Vuelvo a cerrar los ojos y extiendo la mano hasta el borde de la cama, pero está frío. Tom ha dejado ya de dormir conmigo.

Tengo la lengua hinchada y seca, y mil tambores golpean mis sienes. Tanteo buscando el vaso con agua que suelo dejar encima de la mesita antes de ir a dormir. Se cae al suelo y golpea el parqué con un sonido seco. Está vacío. Por mi frente cae un hilo de sudor. Me incorporo y me encuentro vestida con las mallas negras de correr y la camiseta de manga larga de nailon verde. Ayer salí a correr.

Me arrastro hasta el baño contiguo a mi habitación, y con cada paso que doy se me clava un amasijo de agujas. Abro el cajón del armario y escarbo entre botes, tubos y cremas. Trago un par de aspirinas y un agua fresca riega mi garganta.

Me inclino hacia adelante y reviso la pizarra de pared con las distancias que he corrido en los últimos cuatro meses. Se me hincha el pecho. En menos de una semana he aumentado el recorrido en casi una milla y he superado las diez millas por sesión. Aprieto fuerte el rotulador. ¿Llegaré a las veintiséis millas para el maratón de Steyning en marzo? ¿Cuántas millas corrí ayer? Anoto otras diez millas seguidas de un signo de interrogación.

Pongo encima de la cama la maleta de mano de mamá. Tengo en cada mano una percha con una camisa. Una es gris marengo, y la otra, color crema. Un cosquilleo sube por mis dedos. ¿Qué camisa me pongo para la entrevista de trabajo? Dejo las dos camisas encima de la cama y busco en los cajones algo de ropa interior, un par de camisetas y unos calcetines gordos de lana. El suéter celeste combina bien con el pantalón de ante azul; es ropa cómoda para viajar. Saco del cajón el billete de tren a Edimburgo para esta noche y mi corazón late nervioso. Nadie notará mi ausencia. Tom voló a Belfast ayer domingo a una conferencia sobre periodismo y no vuelve hasta la semana que viene. Cuando estaba descuidado hablando por teléfono con su compañero de trabajo, vi dentro de su cartera el billete de avión con el día y la hora. Esta vez no me mentía.

Retiro la silla del escritorio y el abrigo de mamá reposa doblado encima. Es un abrigo de lana y poliéster en color verde aceituna al estilo de los años setenta. Los hombros, bolsillos y puños están decorados con bandas de color rojo y botones a juego. Después de la muerte de mamá, el abrigo se ha convertido para mí en un talismán. Lo examino y mis ojos se llenan de sorpresa. El forro interior está rasgado por la parte derecha y tiene un par de manchas de barro seco del tamaño de la palma de mi mano. Respiro hondo. Lo llevaré a la tintorería cuando vaya a la residencia a ver a papá. ¿Paso a ver a tío Paddy también? Desde que volvió de Malasia para quedarse, su compañía ha sido un gran apoyo para mí. O quizás no vaya. No quiero que por ahora sepa nada de mi viaje.

Dejo correr el agua de la ducha y me quito las mallas, la camiseta y la ropa interior. Una vez que el agua está a una temperatura perfecta, un vapor me invita a entrar. Enjabono mi cuerpo y me concentro en la entrevista de trabajo. ¿Estoy preparada para una entrevista después de tantos años? ¿Y si me ofrecen el trabajo? ¿Estoy a la altura para desempeñar el puesto de coordinadora en uno de los mejores hoteles de Escocia? Tendré que mudarme. ¿No es eso lo que quiero? No puedo continuar siendo la extensión de la vida de Tom. Me cansé.

Un golpe seco me sobresalta. ¿Viene de abajo o viene de la calle? Corto el agua y afino el oído, pero solo escucho mi respiración durante unos segundos hasta que otro golpe confirma que el ruido sale del salón. Me cubro con la toalla y entreabro la puerta del baño. Asomo la cabeza y me recojo el pelo mojado hacia atrás como si eso pudiera aumentar la capacidad auditiva. Unos pasos salen de la nada y suben la escalera de madera que cruje con cada pisada. Mi corazón pega patadas y quiere salir huyendo. El sonido se intensifica y se acerca a mi habitación. Agarro fuerte el nudo de la toalla con el puño en el pecho y, por momentos, dejo de respirar. Con un impulso, cierro la puerta del baño, echo el pestillo y apoyo mi espalda tensa contra la puerta. El sonido de los pasos aumenta; se dirigen a mí. Mis manos tiemblan. Tocan a la puerta y una voz de barítono rompe el silencio.

—¿Megan?

¿Tom está en casa? Abro la puerta y recupero el aliento.

—Megan, ¿te he asustado?

Me enderezo y me subo un poco más la toalla.

—¿No tendrías que estar en Belfast? ¿Qué haces en casa?

—Mi vuelo sale esta tarde. Me olvidé de recoger unos documentos… —su voz tiembla como tiembla su mentira.

No me muevo. Tom se agacha y recoge la esponja. Una luz natural se posa sobre sus gruesos rizos oscuros y revela pequeñas hebras de plata que no había visto antes. Me la devuelve. Mis yemas tocan sus dedos y se mezclan con la humedad de la esponja. Mi corazón late calmado y mi mirada se fija en los dedos de Tom. El olor a champú de manteca de avena se funde con el perfume a madera, cuero y lavanda de Tom. Aprieto fuerte y unas gotas caen al suelo desordenadas. Aún no me he acostumbrado a sus largas ausencias. Sus ojos celestes buscan los míos.

—¿Estás bien?

Asiento lentamente.

—¿No quieres quedarte a desayunar? —le pregunto.

—No tengo hambre. —Mira el reloj—. Y tampoco quiero que el tráfico se me eche encima.

—Es temprano. El tráfico no se te echará encima.

—No quiero llegar tarde.

—¿A un vuelo que salía anoche?

Tom aparta la mirada.

—Megan, no empieces con tu paranoia. El vuelo sale hoy, y voy con el tiempo justo. Antes de irme quería saber cómo estabas.

Aprieto más fuerte el nudo de la toalla.

—Si vas con el tiempo justo, será mejor que te vayas.

Encima de la cama está esparcida mi ropa junto con la maleta de mano. Los ojos de Tom se entrecierran.

—¿Te vas de viaje?

Me tomo unos segundos para responder.

—Estoy organizando el armario.

—¿Y ahora guardas la ropa en la maleta de mano?

—¿No tenías prisa?

¿Quién es Tom para darme lecciones de honestidad? Tom ni ataca ni se defiende. Su rostro solo muestra preocupación.

—Ayer saliste a correr —suena más a confirmación que a pregunta.

Miro la pizarra con las diez millas y dejo la vista suspendida sobre el signo de interrogación.

—Supongo que sí… —Cruzo los brazos y mantengo el rostro serio.

—Bueno, me voy.

—Espera —le digo.

—¿Sí? —su tono se dulcifica, se mezcla con mi voz y me transporta por momentos a la vida que teníamos antes del accidente.

—No, nada —desinflo las palabras.

La verdad es que no tengo nada que decirle que no haya dicho ya. Tom se acerca y me da un beso en la frente.

—Megan, mejor hablamos cuando vuelva… O cuando tú vuelvas. —Y desaparece con la cabeza agachada escaleras abajo.

El golpe de la puerta de la calle al cerrarse me despierta de un sueño.

Después de desayunar unas tostadas y un té, siento que el dolor de cabeza va desapareciendo, pero las agujetas persisten. Tengo que ir a ver a papá. Subo a mi habitación para recoger mi bolso y mi móvil, pero no encuentro mi reloj.

En el aparador chino de la entrada están mis llaves encima de un pequeño sobre blanco. Meto las llaves en el bolsillo y examino el sobre. No tiene sello ni remitente. Solo mi nombre escrito en el reverso: «Megan». No es la letra de Tom. La caligrafía es más redonda y alargada. Dentro del sobre hay una tarjeta color crema firmada por mi vecina:

¡Vaya susto!
¿Estás mejor?
Pasaré luego por casa.
Margie

Parpadeo varias veces. Qué inoportuna y curiosa que es Margie. Jubilada y con demasiado tiempo libre. ¿No tiene cosas mejores que hacer ahora que escribir notitas sin sentido? Voy a perder el autobús. Por inercia, meto la nota de cartulina en el bolsillo, me lío la bufanda, me pongo el gorro y la parca, y cojo la bolsa con el abrigo de mamá. Al poner la mano sobre el pomo de la puerta, el timbre de casa anuncia que hay alguien detrás esperando a que abra. Voy a llegar tarde a la residencia de papá. Retiro la mano del pomo y cuento hasta diez, pero vuelven a llamar al timbre con insistencia. Desisto y abro la puerta.

Delante de mí hay dos policías.

Aquí empieza la semana más trágica de mi vida.

2

Lunes, 9 de enero de 2006
Hora: 09.58

—Buenos días, ¿señora Evans? —dice el policía más mayor. Es bajo y de mandíbula cuadrada, y tiene un abundante pelo gris, casi blanco. Su compañero, mucho más joven, mofletudo y con aspecto de estudiante universitario, se mantiene detrás de su superior.

—¿Qué desean? —pregunto con fingido tono educado.

Tengo tantas cosas que hacer: ir a la tintorería, ver a papá, preparar la entrevista, pasar por la tienda de Oxfam de Sophie para despedirme…

—Somos el oficial Warren Jones y el agente Andy Reed. —Levantan unas placas de identificación con unas fotos, nombres y números que no consigo descifrar —. Nos gustaría hablar con usted.

¿Hablar conmigo de qué? Tomo distancia y mis labios se entreabren, pero no salen palabras de mi boca.

—Es importante —insiste.

No tienen boli ni papel y la voz del oficial no solo transmite autoridad, sino también preocupación. La bolsa con el abrigo resbala lentamente de mis dedos y cae al suelo. Me agacho y la recojo mientras mi cerebro intenta interpretar el significado de «importante».

—Por favor, pasen.

El policía más mayor asiente y entra muy estirado, con el pecho erguido. El policía más joven, con sus largas piernas, sigue e imita los pasos cortos de su superior.

—Siéntense, por favor.

Doy una mirada rápida por el salón. Parece que todo está en orden. Dejo la gorra encima de la mesa de roble y me paso la mano por el pelo. Aún está mojado.

—¿Desean tomar algo? ¿Un té?

Vaya pregunta más tonta se me acaba de escapar.

—Gracias… —dice el policía joven.

—Mejor no, señora Evans —la voz del oficial, seca y profesional, corta la de su subordinado.

—¿En qué quedamos? —Mis ojos saltan de un policía al otro; su sola presencia me incomoda.

—No, gracias —repite el oficial Jones, y luego estira los labios en un intento forzado de simular una sonrisa mal ensayada—. ¿Está sola?

—Sí.

—¿Dónde ha dicho que se encuentra su marido?

Su pregunta me pone en guardia. Hace media hora estaba discutiendo con Tom, y ahora la policía pregunta por él. Espero que no se haya metido en algún lío con la policía por culpa de su trabajo en el periódico.

—No recuerdo haber mencionado a mi marido. ¿Le ha pasado algo a Tom?

—No venimos para hablar de su marido.

—¿De quién entonces?

—De su tío… —interrumpe el policía más joven.

—¿Tío Paddy…? ¿Qué quieren hablar de mi tío?

Me quedo paralizada. El oficial Jones dispara una mirada de desaprobación a su subordinado. Sus ojos verdes se entrecruzan con los míos y me da tiempo a ver algo tierno en su mirada antes de que se escape y se pose sobre el bloc de notas que saca del bolsillo. Los músculos de la cara se tensan y dice en alto:

—Señora Megan Evans, no tenemos buenas noticias.

El sonido metálico de un móvil corta mi respiración y parte mi corazón en dos. El agente Reed mira la pantalla y se lo pasa a su superior, que le hace una señal para que salga y conteste.

—Denos un momento, por favor —dice el oficial Jones levantando el dedo índice.

Asiento confusa. El agente Reed deja la puerta entreabierta y el sonido de un aspirador de hojas secas se mezcla con un frío invernal. Hubiera deseado que la policía hubiera venido para hacer una encuesta rutinaria. Meto las manos en los bolsillos y tenso el talón, que golpea el suelo como un reloj acelerado. El oficial Jones me observa unos segundos largos como horas.

Cuando el agente Reed entra, el color de sus mejillas es más intenso, y mi corazón se encoge por momentos. ¿Qué le ha pasado a tío Paddy? Se sienta al lado de su jefe y sus labios forman la palabra casi inaudible «positivo». El oficial Jones asiente y, sin levantar la vista de su bloc de notas, continúa con el mismo tono encorsetado de autoridad local:

—Señora Evans, no la haremos esperar más. Tenemos que informarle de que esta mañana un vecino de la zona encontró a su tío Patrick Brady en el coche…

—¿Qué coche?

—Su coche.

—¿Ha tenido tío Paddy un accidente de tráfico?

—No exactamente. Déjeme terminar, por favor. —Aprieta el bloc de notas y continúa—: En este momento, el doctor Brown, nuestro médico forense, y mis compañeros están completando el informe y concretando las causas.

—¿Las causas de qué? No entiendo. Por favor, explíquese.

El agente Reed baja aún más la mirada y el oficial Jones continúa:

—El médico forense está dictaminando la causa del fallecimiento de su tío. Lo siento mucho.

La información entra en mis oídos muy despacio y un amasijo de sonidos hace eco en mi mente: *Importante. Tío. Positivo. Vecino. Coche. Médico forense.* El golpeteo de mi talón se hace más intenso.

—¿Su fallecimiento? —repito en voz alta como si quisiera asimilar el significado de la palabra «fallecimiento».

—Lo sentimos mucho. ¿No preferiría contactar con su marido?

—No. —La puerta sigue abierta y se cuela una brisa

helada que produce un escalofrío aún más fuerte en mi espalda.

—Bueno, ¿quizás otro pariente?

—¿Ha dicho su fallecimiento? —repito más alto—. Tiene que ser un error.

—Desgraciadamente…

Y en ese mismo momento mi cerebro hace clic, un clic que junta las palabras y les da sentido a las frases; y justo milésimas de segundo después, mi corazón hace bang.

—¿Si no ha sido un accidente de tráfico, qué hacía mi tío Paddy en su coche?

—A eso no le puedo responder, lo que le puedo asegurar es que están confirmando las causas de su muerte.

El agente Reed pone una mano sobre mi hombro y me dice:

—Siéntese, por favor. Mejor nos tomamos ese té. ¿Dónde…?

Me dejo caer en el sillón y le indico:

—Arriba en el armario de la derecha.

El oficial Jones se pone de pie, pero antes de pronunciar un pretexto, el agente Reed se adelanta:

—Jefe, serán solo cinco minutos.

El oficial Jones no contesta. Se sienta otra vez, cierra la libreta y respira hondo como si se preparase para empezar un mal día.

Unos minutos más tarde, sigo sentada en el sillón delante del oficial Jones. La tetera chirría. El agua caliente está lista. Las tazas golpean la mesita de cristal del sofá y me despiertan de un mal sueño.

—El té está listo —dice el agente Reed.

Cojo la taza y el calor me quema ligeramente las yemas de los dedos. Soplo y doy un sorbo. «El buen té tiene que amargar», solía decir mi tío Paddy.

—¿Cuántos años tenía su tío? —pregunta el oficial Jones.

No respondo y el oficial continúa con su interrogatorio:

—¿Era un hombre mayor? ¿Sacerdote católico?

—Sesenta y cuatro años; y no era un sacerdote. Era sacristán y jubilado. Pasaba temporadas en Steyning cuando no estaba fuera trabajando.

—Pero ¿ha dicho que estaba jubilado?

—Sí. Hace años que ya no está en la sacristía.

El agente Reed levanta una tímida sonrisa.

—Perdone mi ignorancia. ¿Qué es un sacristán?

—Mi tío se encargaba de asistir al sacerdote en las labores de cuidar y limpiar la iglesia, la sacristía, y también de preparar la celebración de la misa católica. Hace ya unos años, decidió cambiar el rumbo de su vida y unirse a un grupo de misioneros católicos establecidos en Malasia que ayudaban con la escolarización de niñas. Pasaba largas temporadas en los barrios pobres de Kuala Lumpur. —Dejo la taza en el posavasos encima de la mesita de cristal—. ¿Quién es ese vecino que lo encontró?

El oficial Jones interviene:

—Como ya le he dicho, un vecino de la zona encontró a su tío esta mañana temprano. El coche estaba mal aparcado en la cuneta de la carretera local que atraviesa el valle de Findon. A este vecino le pareció extraño, se acercó al coche y encontró el cuerpo de su tío sin vida…

—¿Así? ¿Sin más?

—No la entiendo.

—¿Están seguros de que es mi tío?

La mandíbula del oficial Jones ejerce tal presión sobre sus finos labios que desaparecen. Retira lentamente la taza de té hacia mí y dice con tono forzado:

—Gracias por el té. Es usted muy amable. Nos tenemos que ir.

Me levanto en silencio y recojo las tazas. El lavaplatos está lleno y las dejo en el fregadero. El otro día vi uno de esos documentales americanos sobre errores médicos. Trataba de pacientes a quienes se les había diagnosticado una enfermedad mortal por error.

De fondo, el carraspeo seco del oficial Jones me saca de mis pensamientos.

—Siguiendo el protocolo, estamos obligados a informarle de que necesitamos a un miembro de la familia que confirme la identidad de su tío y firme el parte de defunción. —Respira hondo y continúa—: Y, quizás, si contactase con su marido o un miembro de la familia, podría…

—Mi marido está de viaje. Lo haré yo.

—Al menos, podría informarle.

Después de la discusión de esta mañana, lo último

que quiero en este momento es que Tom se involucre en mis asuntos personales.

—He dicho que lo haré yo. —Me pongo el gorro que dejé en la mesa de roble no hace más de veinte minutos.

—Entonces, si es tan amable, acompáñenos —dice el oficial Jones.

3

Lunes, 9 de enero de 2006
Hora: 10.27

UNA NEBLINA TARDÍA pero persistente cubre la calle de mi casa. Delante de la puerta brillan el azul, el blanco y el amarillo centelleante del coche de la Policía. El frío revolotea por mi cara como una mariposa inquieta, y mis piernas, torpes y reacias, maniobran para acomodarse en el asiento de los detenidos. El forro de plástico negro se pega a mis pantalones igual que una telaraña atrapa a su presa.

—Llegaremos en veinte minutos —dice el agente Reed con voz de niño bueno.

¿Y después qué?

A punto de arrancar, una sombra martillea con insistencia al otro lado del cristal y mis pulmones se llenan con un golpe repentino de aire con sabor a café rancio y vómito. Es mi vecina Margie. El vaho de su respiración sobre la ventanilla difumina la expresión de su cara, mezcla de sorpresa y curiosidad.

—Ahora no —atino a murmurar, y Margie se queda mirando cómo me alejo dentro del coche de la Policía.

Palpo en mi bolsillo la nota de Margie y recuerdo sus palabras:

¡Vaya susto!
¿Estás mejor?
Pasaré luego por casa.
Margie

¿De qué «susto» está hablando? La nota de Margie no tiene sentido. Nada de lo que está pasando tiene sentido. Echo de menos a mamá, aunque mamá no está. Y papá está, pero como si no estuviera. Tom está a ratos, pero yo no quiero que esté. Y ahora me cuentan que tío Paddy tampoco está. Aprieto fuerte el corazón y repito para mí: ¿dónde estás, tío Paddy?

Mi tío ayudó a su hermana pequeña, mi madre, cuando papá estaba ausente. Nos cuidó a mí y a mi hermana Katherine y nos inculcó valores y respeto hacia nuestros iguales. Dio apoyo a la comunidad, sobre todo a los más jóvenes. Viajó muchas veces a Malasia y trabajó en escuelas ubicadas en las barriadas más pobres del país. No era perfecto. Tenía mal temperamento como cualquier irlandés, pero era un buen hombre y creía en la buena voluntad de la gente. Pero tío Paddy ya no está...

Respiro tan hondo que me duele el pecho.

A veces siento que yo tampoco estoy. A veces siento que quiero correr, y otras muchas que quiero escapar.

Nada tiene sentido.

Con sumo disimulo intento abrir la ventanilla un par de milímetros y tirar esta estúpida nota sin que me vea la policía, pero la manilla no cede.

—No está rota —me dice el agente Reed a través de la ventana de metacrilato—, es por razones de seguridad.

Cierro la mano y escondo la nota. El oficial Jones conduce callado y me observa desde el retrovisor. ¿Qué estará pensando? ¿Me habrá visto intentar tirar la nota por la ventanilla del coche? ¿O quizás está mirando los espejos mientras conduce?

A través de las ventanas del coche las nubes se hinchan de agua y oscurecen el cielo. Aprieto los labios y trago fuerte. No voy a hablar con Tom. Tengo otra opción menos humillante. Saco del bolso el móvil y marco el número de mi hermana Katherine. Una gran bola de sebo cargada de orgullo se hace camino a través de mi garganta. Seis tonos más tarde, salta el contestador. Cuelgo. Odio dejar mensajes de voz. La última vez que hablé con Katherine fue hace más de medio año, cuando me hospitalizaron, y nuestra relación se enfrió aún más.

Llamo por tercera vez, pero tampoco lo coge.

Al cuarto intento desisto y termino por ceder:

—Katherine, llámame. Soy Megan. Llámame cuando oigas este mensaje. Llámame, ¿vale? Es importante.

El oficial Jones sigue observándome desde el retrovisor.

—Aquí no pasan estas cosas —dice mientras maniobra para aparcar.

—¿Qué cosas?

—Llevo casi cuarenta años en el cuerpo, señora Evans. Y en cuatro meses me jubilo. He visto de todo.

Sus ojos verdes y cansados saltan del retrovisor al agente Reed.

—¿Y qué cosas no pasan aquí? —insisto.

El oficial Jones se baja del coche y abre mi puerta. Me ofrece la mano para salir y continúa:

—Los muertos mueren en su casa, o en una residencia o en el hospital. No mueren dentro de un coche. —Respira hondo y largo—. Su tío, probablemente, no estaba en condiciones de salud para conducir.

¿Qué hacía mi tío Paddy dentro de su coche ayer por la noche?

Apoyo la mano en el asiento y salgo por mi propio pie.

4

Lunes, 9 de enero de 2006
Hora: 10.58

—Agente Reed —dice el oficial Jones—, mejor nos deja solos.

El joven agente desaparece en silencio detrás de una puerta que parece que chirría pidiendo ayuda.

—Por favor, siéntese —me pide el oficial Jones.

Me sitúo en el borde de la silla enfrente de una vieja mesa de oficina. Delante, a su lado, hay sentado un hombre menudo con cara de catedrático. Sostiene un maletín de cuero marrón gastado y me observa a través de unas gafas gruesas de pasta.

El oficial Jones continúa:

—Este es el médico forense, el doctor Brown, del hospital regional de Brighton. No tenemos especialistas en la zona y quiso hacernos el favor de venir con urgencia.

—Buenos días —me dice con cierto tono prudente

—. Antes que nada, quisiera darle mi más sentido pésame. ¿Cómo se encuentra?

Pongo el bolso en mi regazo y lo aprieto sobre mis rodillas. Las agujetas persisten, el sabor áspero de la noticia de la muerte de mi tío persiste, y la idea de hablar con mi hermana me produce dentera persistente.

—¿Que cómo me encuentro? —Me lamo los labios secos y niego con la cabeza—. Aún no lo he pensado.

—Entiendo. Señora Evans, no la haré esperar más. —El doctor Brown abre su maletín, pone unos papeles sobre la mesa, y pasa sus dedos sobre el informe como si leyera braille y continúa—: Como ya le han informado, su tío Patrick fue encontrado muerto esta mañana en su coche.

Mis manos se empapan en sudor y mi bolso resbala sobre mi regazo como una piedra que me clava agujas sobre los muslos. El oficial Jones interrumpe al doctor Brown:

—Una vez seguido el protocolo, no se encontró ningún agente externo.

—Así es —confirma el doctor Brown, y continúa—: Después, acudí personalmente para hacer un examen del cuerpo y confirmé el informe policial. —Junta las manos, cruza los dedos y me mira fijamente—. Su tío murió por causas naturales.

Mis ojos se entrecierran como si intentaran enfocar una nueva realidad.

—¿Dice usted causas naturales?

—Correcto —añade el oficial Jones—. Esto agiliza el proceso.

—¿Qué causas naturales? —pregunto al doctor Brown.

—La causa de la muerte de su tío Patrick Brady es un paro cardiaco provocado por una apnea prolongada.

El doctor hace una pausa como si esperase a que asintiera confirmando que entiendo sus palabras. No digo nada. Intento tragar, pero mi garganta está seca. Mi rostro está esculpido con la misma piedra que sostengo en mi regazo. Solo el sudor de mis manos y el intenso dolor de las agujetas me hacen estar lúcida.

El oficial Jones baja la mirada hacia su reloj, y el doctor Brown continúa:

—Bueno —carraspea—, es una apnea o paro respiratorio. En este caso, al ser una apnea prolongada, afecta a órganos vitales como el corazón.

Nadie dice nada. El golpeteo de los dedos del oficial Jones sobre el escritorio se mezcla con el olor a moqueta húmeda.

—¿Una apnea prolongada? —pregunto incrédula.

—¿Sabe si su tío sufría asma? —dice el doctor Brown.

—Mi tío solo sufría por la desdicha de los otros. Además, ni sabía que tenía asma, y mucho menos que el asma pudiera costarle la vida.

Sus miradas tensas se entrecruzan en la habitación.

—He de admitir que son casos raros —explica el doctor y vuelve a ponerse las gafas mientras ojea el uniforme—. No hay constancia de que el señor Patrick sufriera un asma crónica, por lo tanto, a falta de mayor certeza, se podría considerar un caso poco común.

Un sabor a bilis sube hasta mi boca.

—¿Certeza? ¿Un caso poco común? ¿Está presuponiendo que mi tío sale de casa y le da un ataque de asma así?

—Estamos en invierno. Las temperaturas han bajado y el exceso de frío puede afectar a los pulmones.

—¿Y el frío mató a mi tío?

El doctor se quita las gafas.

—No el frío directamente, señora Evans, pero sí un ataque imprevisto de asma.

—¿Y dentro de su certeza tiene otra teoría? —Cruzo los brazos.

El doctor Brown se da unos segundos antes de responder:

—No hacemos teorías. Nos basamos en hechos. —Y apunta con sus gafas el informe—. Yo solo me limito a recoger pruebas y a redactar la autopsia. No es el primer caso y, desgraciadamente, no será el último.

Toso buscando algo de saliva. La voz del oficial Jones se impone en la conversación:

—Señora Evans, el coche está en perfecto estado. No hay signos de accidente ni de acto criminal. —Hace una pausa y respira hondo—. Su tío se sintió mal, paró el coche en la cuneta y minutos después falleció de un ataque de asma. Se lo puedo decir más alto, pero no más claro.

Levanto la mirada hacia el oficial Jones con la misma rapidez que un dardo alcanza la diana.

—Mi tío no conduce. Por lo menos, no por la noche.

—Señora Evans, vamos a calmarnos. —El doctor Brown levanta las palmas de las manos—. Entiendo la dificultad de asimilar la pérdida de un ser querido. He visto muchos casos extraños en mi carrera. La apnea no es un caso aislado. La apnea prolongada fue debida a una crisis grave de asma, las vías respiratorias se cierran impidiendo que los pulmones realicen su función de intercambio de oxígeno y dióxido de carbono. Esto afectó a otros órganos vitales como el corazón produciendo una parada cardiorrespiratoria e inevitablemente el fallecimiento. De verdad que lo siento.

Niego con la cabeza sin pronunciar palabra.

—¿Aún quiere ver a su tío? —pregunta el doctor Brown mientras me busca con la mirada.

Me dicen que mi tío está muerto. «Está muerto», repito para mí. «Muerto», repito una y otra vez. ¿No podrían estar equivocados? ¿Hay alguna posibilidad, por pequeña que sea, de que se hayan equivocado de persona?

Disimulo el dolor de mis agujetas y me levanto decidida.

—Ya le he dicho al oficial Jones que sí.

5

Lunes, 9 de enero de 2006
Hora: 17.22

DESDE EL SILLÓN de terciopelo azul marino, la casa crece por momentos en absoluto silencio. Es un silencio distinto, distinto del silencio que me gusta escuchar cuando estoy sola. Este silencio sabe diferente. Doy el último sorbo al té. Está ya frío. Su sabor es el mismo que este silencio que enreda el salón y me hace más pequeña. Un sabor amargo.

La morgue y mi casa están más cerca de lo que pensaba. Allí encontré a mi tío tumbado en una cama de metal, pero no me atreví a tocarlo. Su cara era cera blanca cuajada en una mueca de terror. Terror a su muerte.

Las manos del oficial Jones se posaron en mis hombros y me arrastraron hasta un rincón con una mesita plegable improvisada. Me acercó un boli, firmé y me metió en un taxi de vuelta a casa.

Releo la nota con el nombre oficial de mi tío y la causa de su fallecimiento: «Paro cardiaco provocado por una apnea prolongada».

¿Por qué cogió mi tío su coche en plena noche?

Llamo a Katherine desde el teléfono de casa.

—Katherine, soy yo. ¿Puedes hacer el favor de llamarme? Es urgente. Tenemos que hablar de tío Paddy.

La luz del contestador automático parpadea.

—Megan, soy yo. Estoy en el aeropuerto. El avión de llegada va con retraso, así que me lo tomo con calma. Siento lo de esta mañana…

La manta del sofá está arrugada y mal colocada al lado del canasto de mimbre. Tom se quedó dormido en el sofá y quizás perdió su avión. ¿Por qué miente?

—… Megan, tenemos que hablar en algún momento y…

Mensaje borrado.

Tocan a la puerta. Apago la lámpara de pie y me quedo quieta. Vuelven a tocar con insistencia. No usan el timbre. Miro por la mirilla; es Margie, mi vecina. Tocan otra vez.

—Margie. No es un buen momento —digo desde el otro lado de la puerta.

—Sé que es tarde, pero quería pasar.

—De verdad, mejor lo dejamos para mañana.

—No me iré hasta que me digas cómo estás.

Contraigo los hombros en signo de derrota y doy un largo suspiro. Abro la puerta. Margie entra en casa con pasos cortos pero decididos. Tiene enroscados unos rulos sobre un pelo blanco como el de la reina Isabel y cubierto con un protector de plástico. Su mirada es seria y de tinte agrio e inquisitivo.

—Pasa…

—¿Cómo estás, querida?

—Estoy. Supongo.

—Bueno, vamos a tomarnos un té y me cuentas.

Se me escapa una mueca. Los tés no me traen buenas noticias.

—¿Y Alfred? —pregunto.

—Viendo la tele. —Su mirada revolotea por el salón—. Este hombre me va a llevar al cementerio. No quiere tomarse las pastillas, y el médico ya le ha dicho que es la única forma de controlar el colesterol. —Suspira—. Bueno, y que deje de hincharse a comer queso. —Se sienta en la mesa de la cocina y continúa—: Esta ciática me va a llevar a la tumba. Los hombres, querida, cuanto más viejos se hacen, más difíciles son de manejar. —Vuelve a mirar alrededor del salón—. ¿Tom no está? —confirma más que pregunta.

—No. Está de viaje.

—Vaya. —Arruga la frente.

—Aquí tienes el té.

El día en que Tom y yo nos mudamos a esta casa, hace ya diez años, Margie nos trajo una tarta de zanahoria, unas pastas caseras y una docena de preguntas indiscretas. La tradición ha seguido en cada uno de nuestros cumpleaños. Incluidas las preguntas indiscretas.

—Quitaste la bolsita de té muy pronto.

—Oh, lo siento —respondo con voz plana.

—No pasa nada. —Deja la taza encima de la mesa y junta las manos—. Estoy preocupada. Muy preocupada.

—¿Por Alfred?

—No he venido a hablar de Alfred. —Me corta negando con la cabeza—. He venido a hablar de ti. Menudo susto nos diste ayer; y hoy te he visto en un coche de Policía. Tom no está. Como he dicho, estoy preocupada. —Hace una pausa y su tono se dulcifica—: ¿Qué pasa, querida?

Pongo la nota de Margie encima de la mesa. Mis dedos se hinchan de sangre como si una colonia de mil hormigas circulasen atropelladas a través de las venas de mi mano; un oleaje de calor empuja mis palabras:

—Tío Paddy ha muerto.

—Oh, santo cielo. ¿Cómo? ¿Así, de repente? Pobre hombre. No sabía que estaba tan mal.

Margie posa la mano sobre la mía y se inclina hacia delante como si quisiera escuchar más de cerca la noticia.

—Yo tampoco lo sabía —respondo.

—Perdona que me inmiscuya…

—Le faltó la respiración y se le paró el corazón —le respondo antes de que pregunte.

—¿Así, de repente?

—Eso parece…

—¿Y el coche de Policía?

—La policía vino a darme la noticia esta mañana.

—Oh. —Y su mano aprieta la mía—. ¿Qué dice Tom de todo esto?

Deslizo la mano con discreción, y Margie palpa la nota que me escribió esta mañana.

—Bueno, está de viaje.

—Sí, ya me lo has dicho. Pero ¿cuándo vuelve?

—Pronto —miento—. Muy pronto.

Margie toma una servilleta de la mesa y me hace señas para que me seque la frente.

—En mala hora te ha llegado. ¿Has visto al ginecólogo?

—Tengo agujetas y he tomado un baño de agua caliente para relajar los músculos.

Las gotas de sudor no mienten.

—Qué músculos ni qué niño muerto. No es el baño. Es la menopausia, querida. No te engañes. ¿Y eso de correr? El exceso no es bueno, no es bueno. Así estabas ayer cuando te recogió Tom. Te caías al suelo. Todos nos asustamos. —Levanta la nota como un árbitro de fútbol levanta una tarjeta roja.

Mi boca se abre y mis ojos se entrecierran.

—¿Tom me recogió ayer? ¿De dónde?

—De ahí fuera. —Y señala el portal de casa—. Le dije a Alfred que saliese conmigo a ver qué pasaba. ¿No te acuerdas? Parecía que te perseguía el diablo. Aporreabas la puerta mientras gritabas: «Tom, Tom, Tom…». —Y una burda imitación de mi voz sale por su boca.

Tom no me dijo nada esta mañana. El maldito sofoco me dejó fuera de combate y me alarmé. Mi primer sofoco. La sangre parecía látigos golpeando mi alma dentro de un horno de piedra. Quizás me asusté, la rabia se apoderó de mí y lo pagué con Tom. Solo quería tumbarme, acurrucarme en mí misma y desaparecer en el olvido. Dormir te ayuda a olvidar.

—Mi madre, que en paz descanse, también tuvo una menopausia dura. Luego se le complicó con un cáncer de ovario y, bueno… —Mira mi desconcierto y continúa—: Pero bueno, querida, esa es otra historia. ¿Y qué vas a hacer?

—Seguir corriendo, si puedo.

—Eso ya lo sé. Eres muy cabezota. Me refiero a lo de tu tío.

—La misa es el domingo. Aún tengo que ver al padre Jonathan. Él se encargará de los preparativos.

Margie se levanta de la silla con dificultad.

—Bueno, llevas ya un rato de pie, así que yo me voy.

Debajo de la cómoda, al lado de la puerta, está mi maleta de viaje.

—Vaya, Tom se fue de viaje y se olvidó la maleta.

Siento un calor en las mejillas y me quedo muda esperando a que la tierra me trague. Margie da pequeños pasos hasta la puerta como si se diera tiempo para buscar las palabras idóneas. Se gira y el agrio de su mirada se empapa en un sabor agridulce de madre mitad dolida, mitad compresiva, y dice:

—Si necesitas algo, estoy aquí. —Y su voz se convierte en un susurro inesperado—: Querida, escúchame. Solo quiero que estés bien. Tú sabes. Como antes. Tom es un encanto y habéis hecho siempre muy buena pareja. ¿No querría tu tío lo mismo para ti? Siempre hay una razón para las cosas. —Y su rostro se ensombrece—. Recuerda que Oliver ya no tiene a Amy.

El pecho se oprime cuando oigo el nombre de Amy.

Margie cierra la puerta y me quedo sola.

Paso los dedos por la superficie de la maleta. Una maleta *vintage* de cartón duro color café con leche y con un remache de metal en cada esquina. Perteneció a mamá, con ella viajó de Irlanda a Inglaterra hace casi cuarenta años. Me cuesta deshacerme de los objetos de mamá. Además, sigue en perfecto estado. Me traerá suerte. Salgo esta noche y volveré el miércoles, el tiempo justo para vaciar la casa de tío Paddy, organizar papeles y asistir al entierro el domingo. Toco el asa de cuero, y en mi cabeza se repiten las palabras de Margie: «Siempre hay una razón para las cosas». ¿Es esto lo que quiero? Agarro el asa fuerte. En unas horas me recogerá el taxi hasta la estación. Solo tengo que esperar. Esperar al taxi, esperar un cambio. Tengo que ser valiente.

6

Lunes, 9 de enero de 2006
Hora: 18.45

Katherine no contesta. Tiene el móvil apagado. No ha recibido mi mensaje o, si lo ha recibido, no quiere responder, y eso no es una buena señal.

El suelo del recibidor está frío. Voy a estar fuera unos días y no he puesto la calefacción. Estiro las piernas sobre el parqué, junto los brazos y apoyo la mejilla sobre la cubierta de la maleta. Parece que siga viva la fragancia a naftalina que usaba mamá cuando era joven. Esta maleta tiene más vida que yo.

En hora y media llega el taxi que me llevará a la estación. Mi tren de Brighton a Edimburgo sale esta noche. Nueve horas de viaje atravesando la punta sur del país hasta el otro extremo norte en un tren cama. Hay algo mágico en los trenes nocturnos. Viajan por la noche atravesando pasajes, parajes y paisajes como en un viaje onírico de una tierra a otra a través de un largo túnel negro, y cuando despiertas, estás ahí. Has sido transportada a otro tiempo y lugar. Como en un cuento con un final feliz.

¿Mi final feliz?

En las piernas tengo hormigas haciendo una marcha militar y en el estómago un ejército de mariposas está en guerra.

Pongo un poco de música *chill out* y me sirvo una copa de vino. El vino me relajará. Mato el tiempo leyendo las noticias en mi portátil. Se ha convocado otra concentración en solidaridad con las víctimas del atentado del 7 de julio en Londres.

Aquella mañana, los periódicos anunciaban que los próximos juegos olímpicos se celebrarían en Londres en 2012. Una esperada y buena noticia que unas horas más tarde se teñiría de sangre. Levanto la copa. Al contraluz, el vino tiene un color rojo oscuro intenso. Corre por mis venas como un anestésico que calma la nostalgia.

Y desgraciadamente, también aquella mañana, las ambulancias recogían a más de un centenar de muertos y cientos de heridos esparcidos por las calles de Londres. No daban abasto. Vinieron ambulancias de otras partes del país y deambulaban buscando el hospital más cercano.

¿Habrá ido Oliver a la concentración en memoria de Amy? No creo. Oliver está encerrado en su casa, encerrado en su miseria. Doy otro sorbo al vino color sangre y sigo leyendo el artículo del periódico. La foto de Amy aparece en el panel de las víctimas. Parece que siga viva, con su pelo rubio casi albino, ojos azul pálido de gata y piel blanca como el papel de seda. Parece un ángel. Aprieto los labios. Desgraciadamente, solo lo parece. Termino la copa y el vino me sabe a metal.

En una hora llega mi taxi.

Entro en Wikipedia. ¿Qué es el asma? Hay diferentes tipos de asma dependiendo de su frecuencia. Asma inestable, ocupacional, alérgica. No había constancia de que tío Paddy tuviera un asma crónica y, que yo sepa, nunca fue alérgico a nada. Sigo leyendo más abajo: asma estacional. El doctor Brown confirmó que tío Paddy sufrió un asma estacional provocada por las bajas temperaturas.

A través de los ventanales de la cocina, el frío es de un color azul oscuro casi negro bañado por la luz pálida de pequeñas farolas. Es el mismo frío que mató a mi tío. Niego con la cabeza. Parece todo irreal.

Una sombra vaga por la calle solitaria. Para, continúa y vuelve a detenerse como si estuviera perdida. Parpadeo y ajusto los ojos a la oscuridad de la calle. La sombra tiene la silueta de un hombre corpulento de andares torpes. Me acerco con sigilo a la cornisa de la ventana del salón. El reflejo de mi imagen se posa en el cristal. Apago la luz, pero más allá no hay nada. La silueta ha desaparecido.

La botella de vino está por la mitad. Parece que las agujas del reloj de la pared tengan vida propia y me siento algo mareada.

Cuando dejo la copa en el fregadero, la luz automática del portal de casa se enciende, pero la calle está vacía y mi cuerpo se contrae y se paraliza en un acto reflejo. Espero que alguien toque a la puerta. Espero escuchar un sonido. Un ruido. Algo que explique la repentina luz del portal. Espero un motivo que justifique una presencia ahí fuera.

Miro por la mirilla, pero no hay nadie en la entrada. Solo silencio.

Podría ser un zorro o un gato. Llevamos meses con problemas con los zorros. Salen por la noche a hurtadillas y buscan en la basura. Rompen las bolsas y dejan los jardines llenos de porquería. Nos cambiaron los contenedores el mes pasado. Son más altos y pesados; y ya no tenemos ese problema.

La curiosidad me empuja a abrir la puerta, y la luz intensa de los focos que dan al techo de la entrada me deslumbra. No hay ni zorro ni gato. Solo un muro de aire gélido y una sensación de inquietud. Un escalofrío inesperado azota mi cuerpo y aprieto fuerte la mandíbula. Al fondo de la calle, la silueta del hombre corpulento desaparece al doblar la esquina. Relajo los músculos de la cara, pero por mi frente corre una gota de sudor. Los latidos de mi corazón golpean las sienes y el calor invade mi cuerpo. Otro sofoco. Me resigno, bajo la cabeza y hago ademán de cerrar la puerta, pero algo centellea en el suelo con el reflejo de la luz del portal. Me inclino y las piernas se resienten por las agujetas. Me pongo de rodillas y toco con el dedo índice ese objeto brillante. ¡Es mi reloj! Brilla como una joya colocada simétricamente en posición vertical dentro de una vitrina de cristal. Es el reloj de cuarzo que me regaló Tom en nuestro quinto aniversario. Lo cojo como si mis dedos fueran dos pinzas de laboratorio y, al verlo, mi corazón se arruga como la cara de una niña con una muñeca a la que le falta un brazo y un ojo, y mi alegría se llena de culpabilidad. El reloj está roto. Le falta la esfera de cristal y las manecillas están paradas. Me agarro al marco de la puerta y me levanto.

Giro la cabeza a los lados. Me envuelve el azul oscuro de la noche salpicado por las débiles luces de las casas de alrededor. ¿Cómo llegó el reloj a casa? La misteriosa silueta desapareció detrás de una esquina hace unos minutos. ¿Me trajo el reloj? ¿Me conoce? Esto es absurdo. Además, si sabe quién soy y dónde vivo, podría haber tocado a la puerta. Acaricio el reloj, pero ¿qué valor tiene un reloj roto?

El reloj marca las 18.47 horas del 8 de enero. Ayer por la noche. Es la hora a la que llegué a casa cuando salí a correr. Estaba exhausta. La luz del portal se apaga, pero otra luz se ilumina dentro de mí con una explicación más lógica: al tocar a la puerta, golpeé el reloj, se cayó y se rompió.

Palpo el suelo de la entrada buscando la esfera de cristal. La luz del portal se vuelve a encender, pero no hay rastro de la esfera. Palpo con insistencia. Barro el portal con las yemas de los dedos, pero solo noto el suelo áspero y lleno de polvo. El frío exterior se mezcla con el sofoco interno y sudo ansiedad. Lo arreglaré, le cambiaré las manillas y le pondré una esfera de cristal nueva. Mis dedos han tocado cada milímetro del portal, pero no aparece la maldita esfera de cristal.

Un amasijo de nervios presiona mi estómago. Aprieto fuerte el reloj en el puño. Lo estrujo con fuerza. El miedo se mezcla con el sudor y mi instinto derrota a mi lógica.

Mi instinto me susurra al oído que el reloj no se me

cayó en la puerta de mi casa. Me susurra que alguien lo trajo hasta aquí. Alguien que me conoce. Alguien que quiere que yo no sepa quién es. Alguien que quizás también conocía a tío Paddy.

Doy dos vueltas al cerrojo de la puerta de la calle. Cierro las ventanas, cojo la botella de vino y subo a mi habitación. Echo la llave también y apago la luz. Suena el timbre de casa. Ha llegado mi taxi.

Un deseo o, quizás, una curiosidad más fuerte que el miedo me agarra y no me deja irme lejos de Findon. ¿Quién me trajo el reloj? ¿Por qué apareció mi tío muerto en su coche? ¿Son demasiadas coincidencias o me estoy volviendo loca?

Doy un buen trago a la botella de vino. Siento una placentera flojera en las piernas. Vuelven a tocar el timbre. Lo ignoro. Minutos más tarde, el taxi desaparece.

El vino me da fuerzas para llamar a Tom, pero cuelgo enseguida. ¿Qué hago? Vuelvo a pensarlo, y sí, lo llamo de nuevo. Da señal pero salta el contestador. Estará volando a Irlanda. No dejo mensaje.

Trago saliva y hago otra llamada, esta vez, a Edimburgo:

—Soy Megan Evans… Tengo una entrevista para el puesto de coordinadora gerente mañana a primera hora y, desgraciadamente, me va a ser imposible asistir… Sí, espero… Sí, por supuesto que sigo interesada…, muy interesada… Me ha surgido un asunto familiar inesperado: mi tío ha fallecido. ¿Si fuera posible aplazar la entrevista para la próxima semana…? Entiendo…, por supuesto…, gracias. El martes por la mañana entonces.

Tomo el resto de la botella de un trago. Pongo el móvil en la mesita, me tumbo y cierro los ojos. Aprieto fuerte el reloj en mi pecho.

«Siempre hay una razón para las cosas».

Afuera llueve con fuerza. Todo me da vueltas y, con ellas, me duermo y desaparezco.

7

Martes, 10 de enero de 2006
Hora: 09.47

KATHERINE HA DESAPARECIDO. No responde a mis llamadas ni a mis mensajes. Se la ha tragado el trabajo o se la ha tragado la tierra. Jugueteo con una vieja tarjeta de la empresa de Katherine en Canary Wharf que encontré en un cajón del escritorio de Tom. La tarjeta huele a Coco Chanel. Un olor demasiado pesado y dominante. Katherine aún no sabe que tío Paddy murió en su coche. Nunca se creería la historia inverosímil de que un hombre corpulento y de andares torpes trajo mi reloj roto al portal de casa y luego desapareció. Es demasiado pragmática para ver más allá de su propia realidad.

La vida de mi hermana Katherine da tumbos entre proyectos de inversiones en el tercer mundo, reuniones en el centro financiero de Londres y viajes de trabajo a lugares exóticos, y entremedias, galerías de arte y champán. Así es como Katherine pinta su propia vida. Ha vivido en Dublín, Belfast, San Francisco, Nueva York y Singapur. En este orden, si recuerdo bien. Nunca ha vivido en el mismo sitio más de cinco años. Lleva en Londres casi cinco y es todo un milagro.

No puede negarse a ir al entierro de su tío. Cojo el teléfono inalámbrico de casa y marco el número que aparece en la tarjeta.

—Buenos días. Quisiera hablar con Katherine Hudson...

—Un momento, por favor —la recepcionista me corta en seco y salta la canción de Louis Armstrong, *What a wonderful world.*

Dejo de dar vueltas como un militar y me siento en el sillón. Durante un par de minutos, la voz de Armstrong tararea en mis oídos su *mundo maravilloso* y mis ojos se posan en el enigmático cuadro que Katherine me pintó cuando cumplí treinta años. Cubre la pared donde tengo el sofá de cuero marrón. El cuadro pinta una ristra de cinco niñas recién nacidas dentro de un calcetín y colgadas en un tendedero al aire libre en el campo. Tienen los ojos cerrados y sus caras están talladas en porcelana rosada. Duermen plácidamente, como pequeños querubines dentro de un calcetín de diferente color: azul, naranja, amarillo, rojo y verde. Parecen prendas de ropa recién lavada y puestas a secar. Katherine se inspiró en nuestra infancia, aunque personalmente no recuerdo que metiéramos a los niños en una lavadora y luego los colgáramos a secar como ropa recién lavada.

Katherine no es solo una artista, también es un libro cerrado.

—¿Qué departamento? —me pregunta la recepcionista con prisa.

—No sé…

—Si no lo sabe, no la puedo ayudar.

—Es una emergencia —insisto.

La recepcionista da un resoplido y su voz se acelera:

—Señora, esto es Canary Wharf. Todas las llamadas son una emergencia.

—Es una de las jefas del Departamento de Inversiones. Por favor, es una cuestión familiar.

—¿Por qué no la llama directamente al móvil?

Cuanto más fuerte agarro el teléfono, más intento que mi voz suene a súplica:

—No sé ya cuántas veces la he llamado al móvil. Soy su hermana y necesito hablar con ella. Entienda que es una emergencia.

Una larga pausa al otro lado de la línea me transporta a mi infancia. Katherine fue siempre un pájaro libre difícil de atrapar. Cuando tenía trece años, mamá y papá la mandaron a un internado en Irlanda. Que no se negara, me pareció extraño. Allí se quedó, continuó sus estudios de económicas y encontró su primer trabajo. Los años y la distancia nos fueron separando. Ya de adultas, cuando quise retomar contacto con ella tras la repentina muerte de mamá, me di cuenta de que la había perdido.

—Le paso con el Departamento de Inversiones. Espere un momento, por favor.

—Se lo agradezco mucho.

Mi voz es tensa, como tensa fue la última vez que Katherine y yo cenamos juntas en un restaurante de la zona del West End en Londres. Su móvil sonaba cada cinco minutos mientras yo buscaba el momento para decirle que estaba embarazada. Le pedí que lo apagara y Katherine me preguntó si mi vida era más importante que la suya. Su mirada brillaba con la misma intensidad que los ojos de papá cuando era joven. No tenía que haber sido tan brusca con ella. No se enteró de mi embarazo hasta una semana más tarde, cuando me hospitalizaron.

—Departamento de Productos Financieros, ¿dígame?

—¿Podría hablar con Katherine Hudson?

—¿Tiene concertada una cita telefónica?

—Es una cuestión familiar. Será un segundo.

—Un momento.

Suena mi móvil y mi corazón se hincha y se detiene por segundos. Tiene que ser Katherine. Salto corriendo a la encimera de la cocina, pero tan pronto como atrapo el móvil, lo alejo de mí. No es Katherine. Mis hombros caen y mi cara se arruga. Es Tom. Lo ignoro.

La música se corta y oigo una voz al otro lado del teléfono.

—Está ocupada. ¿Le paso un recado?

—No, dígale que soy su hermana Megan. Que tengo que hablar con ella urgentemente —insisto.

—No sabía que Katherine tuviese una hermana. Un momento, por favor. Lo vuelvo a intentar —su voz es más agradable.

Me pellizco los labios mientras espero. Esta vez no

hay música. Solo un silencio incómodo como incómoda es la sala de espera de un hospital. Katherine no me visitó cuando me hospitalizaron. Estaba de viaje. Es verdad que me llamó varias veces. La primera, hablé con ella cinco minutos entre un avión y otro. La segunda, lo cogió Tom y ya no volvió a llamar.

—Lo siento muchísimo, pero acaba de entrar a su reunión de la mañana y me ha dado órdenes directas de no pasar ninguna llamada.

—¿Ni de su hermana? —pregunto mitad frustrada, mitad sorprendida.

—Lo único que le puedo decir es que lo siento mucho. Cualquier mensaje que me dé, yo se lo pasaré directamente cuando termine la reunión. Pero no sé cuándo terminará la reunión. —Se hace una pequeña pausa—. ¿Supongo que tiene su número de móvil?

Un flujo de bilis repta por mi garganta. Trago y el cuello se levanta delante del cuadro de bebés recién lavadas y colgadas de un tendedero de ropa. Hay algo retorcido entre tanta belleza.

Aprieto el teléfono como aprieto los dientes y respondo:

—Dígale que tío Paddy ha muerto.

Me pongo las mallas, la camiseta de fibra sintética, el tubular, la gorra, los guantes de licra, la riñonera y la chaqueta cortavientos. Encima de la mesa de la cocina está el reloj de cuarzo junto con mi móvil. Tom me ha dejado un mensaje de texto:

«Llamaste ayer por la noche. Espero que estés bien. Besos».

Cojo una manzana verde y le doy un mordisco. Hago pequeños círculos con la yema del dedo sobre el reloj. Le falta la esfera de cristal como algo le falta a nuestra relación. ¿Lo podré arreglar? Releo el mensaje de Tom. Guardo el reloj en el bolsillo de la chaqueta y le escribo de vuelta: «Estoy bien. Besos».

Me pongo las zapatillas, aprieto fuerte el reloj y miro por la mirilla antes de abrir la puerta. Me muerdo el labio inferior.

La imaginación es la peor enemiga del miedo.

¿Por qué cogió tío Paddy su coche en plena noche?

Abro la puerta y salgo corriendo a casa de mi tío.

8

Martes, 10 de enero de 2006
Hora: 11.21

Por mis pulmones se cuela un frío casi polar. Según el informe de la policía, es el mismo frío que provocó la muerte de mi tío. Levanto el tubular para proteger el cuello, la nariz y la boca. ¿Qué empujó a tío Paddy a salir de casa en mitad de la noche?

El pavimento está resbaladizo por la lluvia de ayer. Piso con cuidado. Unos metros más abajo, paso por la casa de Oliver y Amy. Parece que Oliver no ha ido a trabajar. Tiene el Mercedes aparcado fuera. La casa es de estilo contemporáneo, diseñada por el hermano de Oliver y pagada por el padre de Amy. Un rubor recorre mis mejillas. En el pasado, Tom invitaba a Oliver y Amy a cenar a casa de vez en cuando. Eran otros tiempos y vivíamos entre mentiras.

Mantengo el mismo ritmo de carrera y atravieso la calle principal de Findon, una larga carretera decorada a los lados con una hilera de árboles pegados y separados con precisión simétrica, y me adentro en el valle. Las pulsaciones se han estabilizado y aumento el ritmo. La sangre golpea mis sienes como un reloj acelerado haciendo tictac. Ya no tengo frío. Dejo el valle detrás con sus brotes de hierba marchita y árboles raídos por el invierno, y llego al pueblo de Steyning.

La casa de tío Paddy enlaza con otras viviendas que rodean la iglesia católica del pueblo. Perteneció a una familia de la región. Tras la muerte de los dos hijos durante la Segunda Guerra Mundial, la casa fue comprada por la Iglesia católica en los años cincuenta para acomodar temporalmente a jóvenes sacerdotes con espíritu de promover la fe católica en un país de protestantes.

Extiendo la pierna derecha sobre la verja y hago mis estiramientos de piernas, hombros, torso, caderas, glúteos y espalda. Las mujeres tendemos a desarrollar problemas de rodillas y pies debido a nuestras caderas anchas, aunque no entro en esa categoría, puesto que no soy ancha de caderas y soy, además, más bien alta. ¿Me lanzo al maratón de Steyning o me conformo con el medio maratón? Arrugo la cara. No me esperaba una menopausia prematura.

El sol ha salido y todo se vuelve más nítido. Paso el jardín, un viejo sauce llorón y al lado de la entrada unos gnomos de cerámica y sonrisa burlona me dan la bienvenida. La luz se refleja en el camino de grava y proyecta un brillo dorado como el famoso camino de piedras amarillas del cuento de *El mago de Oz*.

Busco las llaves en mi riñonera y saco un clínex. Me

seco la frente y sujeto las llaves, pero mi cuerpo no responde. La sangre se acumula en mis manos y no consigo meter la llave en la cerradura. ¿Estoy preparada para entrar? Me siento en el escalón como solía hacer de niña y respiro hondo. Junto las rodillas, cruzo los brazos y apoyo la barbilla sobre mi regazo. Unas casas más abajo un jardinero poda un árbol sin hojas.

Cuando tenía once años, y quizás de una manera un poco repentina, tío Paddy pasó su primera larga temporada en Malasia ayudando en escuelas católicas en barrios pobres. Quizás fue una forma de sentirse útil. De expiar sus pecados. No lo sé. Tenía remordimientos de algo, pero nunca me contó de qué se sentía culpable.

Hace unos meses, tío Paddy tocó a mi puerta sin avisar. Había vuelto para quedarse. Y ahora, también sin avisar, se ha vuelto a ir… Los gnomos me miran y se ríen de mí. Me levanto y estiro la espalda. El jardinero ha desaparecido.

Abro la puerta y doy al interruptor. Una luz tímida relampaguea. No había entrado en esta casa desde la muerte de mamá. El interior parece más pequeño de lo que recordaba. Me quito las zapatillas y piso una carta en el suelo. Es del banco. La recojo y la meto en la riñonera. Un olor acre a casa vieja envuelve un mobiliario de segunda mano: una mesa ovalada con marcas y rasguños, dos sillas de mimbre, un sofá raído y un estante de metal cargado de libros desteñidos.

Paso el dedo por la superficie del estante. Tiene polvo. Una foto vieja en un marco aún más viejo despierta una sonrisa en mi cara. Fue el último campamento de verano que tío Paddy, Katherine y yo pasamos juntos antes de que Katherine se marchara a Irlanda. Mamá vino a recogernos el último día.

Me siento en el sofá y cruje al reclinarme. Debo de tener unos once años y Katherine casi trece. Me agarro al brazo de tío Paddy, que sonríe con orgullo. Tengo los ojos entrecerrados por el reflejo del sol de verano y la cara llena de pecas a juego con el color rojo de mi pelo. La verdad es que no me veo muy favorecida. En cambio, Katherine está muy linda. Una muñeca en el cuerpo de una mujer a medio terminar. Uno de sus hombros está más levantado que el otro, como si un fotógrafo la hubiera pillado in fraganti y quisiera escabullirse. Y a un metro de Katherine, está mamá con las llaves del coche en la mano y con expresión de no enterarse de que le están haciendo una foto. Acerco el marco a mi pecho y, por momentos, se encoge mi corazón.

Entro en la cocina y en la encimera, dos bolsitas de té resecas se marchitan sobre una cuchara. El sonido intermitente de unas gotas que golpean unos platos sucios se mezcla con un olor fuerte a comida reseca y basura maloliente. Lavo los platos, saco la basura a la calle y la tiro al contenedor. Ahí siguen los gnomos riéndose de mí.

Entro en casa y salta una alarma en mi mente que oprime mi pecho. Mis ojos vuelan de los platos a las bolsitas de té. Hay algo que no encaja. Me agacho y toco migajas en el suelo. Me levanto de un salto. La camiseta, mojada y fría, provoca un escalofrío en la espalda y la nuca se tensa. Busco la tarjeta del oficial Jones. Acierto al marcar el número a la tercera vez y me llevo a la oreja el móvil, que tiembla contra mi mejilla.

—Oficial Jones al habla.

—Necesito su ayuda.

Las palabras salen de mi boca a borbotones.

—¿Con quién hablo?

—Soy Megan Evans, la sobrina de Patrick Brady.

Se hace una pausa al otro lado de la línea.

—¿Está usted bien?

—Sí. Sí, estoy bien —pero me tiembla la voz.

—¿Qué puedo hacer por usted?

Respiro hondo y cruzo el brazo sobre el pecho como si me agarrara para no caerme.

—Acabo de llegar a casa de mi tío Paddy y está todo hecho un desastre...

—¿Ha ido sola a casa de su tío?

—Sí...

—¿Su marido lo sabe?

—No.

—¿Una amiga quizás? —insiste el oficial Jones.

—Aún no —respondo.

—¿Tampoco ha contactado con la funeraria?

Son demasiadas preguntas.

—Todavía no. Estoy esperando a hablar con mi hermana.

—No la entiendo. ¿Para qué necesita la ayuda de la Policía? —pregunta el oficial Jones con voz confusa.

—La casa de mi tío está hecha un desastre.

—Señora Evans, explíquese, por favor.

—Bueno, hay platos sucios de la cena y migajas por el suelo...

—¿Y eso es un desastre? —me corta.

—¿No me va a ayudar?

—¿Ayudarle a qué?

—Mi tío salió de casa en estampida. —El oficial Jones no responde, pero yo insisto—: ¿No le parece extraño que muriese en su coche?

—Su tío no debía haber cogido el coche por la noche. Era una persona mayor.

—Eso es lo que yo me pregunto. ¿Por qué salió en la noche? Nunca conduce en la noche. Ni tampoco le gusta conducir solo.

¿No son suficientes razones para sospechar? Se hace una pausa larga como mi angustia. Tengo la boca seca.

—Sinceramente, no lo sé —responde el oficial Jones —. El informe médico dice que la causa de su muerte fue un paro respiratorio.

Niego con la cabeza.

—Oficial Jones, mi tío nunca hubiera salido en la noche y tampoco hubiera dejado los platos sucios.

—La entiendo perfectamente. De verdad que la entiendo. Es un momento muy difícil para usted. Mire, yo le puedo decir que contacte con su hermana o una amiga. Hable con su familia y llame a la funeraria.

—No, no me entiende. Le repito que mi tío Paddy nunca hubiera salido en la noche en mitad de la cena, y menos para coger su coche. ¿No le parece raro?

El oficial Jones no dice nada durante unos segundos. Cuando vuelve hablar, su voz ha perdido el tono paciente.

—¿Y esa es su hipótesis?

—Sí —respondo rotunda—, esa es mi hipótesis. Le repito que la casa está hecha un desastre.

—Mire, yo tengo otra. ¿Qué le parece si quizás, solo

quizás —repite más despacio estas dos últimas palabras—, su tío salió en la noche porque se le olvidó algo que comprar para la cena?

Aprieto el móvil más fuerte y marco cada palabra:

—Le respondería que mi tío nunca hubiera cogido su coche en plena noche.

—Y yo le repito que su tío Paddy falleció a causa de una parada respiratoria. Señora Evans, tiene que aceptar la realidad.

—¿Me está usted levantando la voz?

Cuelgo, suspiro hondo y el aire silba a través de mis dientes una protesta.

9

Martes, 10 de enero de 2006
Hora: 17.51

Desde el frontal del escaparate de la tienda de caridad de mi amiga Sophie, una pareja joven está probando un sofá de segunda mano. Mantienen una conversación animada que intercalan con risas. Me inclino hacia delante y mi mirada se pierde en la escena. Se parecen a Tom y a mí cuando estábamos en la universidad. Trago saliva y bajo la mirada. ¿Cuándo perdimos Tom y yo la habilidad de reírnos juntos?

Agarro fuerte el tirador de la puerta y entro en la tienda con olor a baúl de los recuerdos. Los estantes rebosan ropa de todo tipo colgada en perchas metálicas. Encima de los estantes serpentean sombreros con bolsos y carteras; y debajo se alinean bastidores de zapatos y sandalias en diferentes estados de uso.

Una mujer de rostro serio pasa una percha tras otra distraída rebuscando en el estante de ropa. El chirrido metálico de las perchas es monótono y molesto. Dejo de lado a la mujer y busco con la mirada a mi amiga. Sophie está sentada detrás del mostrador con un boli y una revista.

Aunque Sophie y yo éramos amigas en primaria, perdimos el contacto hace muchos años para luego volver a encontrarnos en un hospital hace siete meses. Sophie lloraba por su madre, que se estaba muriendo en una cama fría de hospital, y yo lloraba por mi bebé que nunca nació. Pasamos unos días tomando té en la cafetería del hospital y haciéndonos compañía como si nos hubiéramos conocido toda una vida. El tiempo se detuvo para nosotras. A los pocos días, Sophie volvió a casa sin su madre, y yo volví a mi vida sin mi bebé. Desde entonces, paso de vez en cuando por la tienda y compartimos historias y secretos.

Sophie está absorta en un crucigrama de alguna revista de psicología que le gusta leer.

—Hola.

—Hola, cielo —responde sin levantar la mirada—. Ayúdame, empieza con la letra 'a' y contiene una 'g': «Teoría que describe la dinámica de largo plazo de las relaciones entre seres humanos».

Dejo el bolso encima del mostrador y respondo con tono cínico:

—¿Amargarse?

Sophie levanta la cabeza y abre levemente la boca. Se quita las gafas de cadena de plata y me observa de arriba abajo.

—Tú no estás bien.

Niego con la cabeza y hago un mohín con la boca.

—Digamos que he tenido días mejores.

A mis espaldas suena la campana metálica de la puerta. La pareja de jóvenes se va, y la mujer del estante de ropa se acerca al mostrador con varias prendas. Me aparto. Me sueno la nariz y hago como que miro los libros de la estantería. Sophie le cobra a la mujer y, una vez que la clienta sale, cierra la tienda, apaga las luces del escaparate y me dice:

—Dame un momento, cielo. —Levanta la mano y se acerca al mostrador—. Tengo que llamar a Paul para que venga un poco más tarde a recogerme.

Asiento.

—¿Cómo está Paul?

—De buen año. —Sonríe picara—. Con la barriga cada vez más grande, pero enamorado de mí. —Los ojos de Sophie se iluminan como dos pequeños botones azules, y sus mejillas se hinchan y forman una cara redonda con doble barbilla—. A Paul le han renovado el contrato de conductor en la empresa de autobuses escolares. Los niños le adoran —dice mientras se toca el anillo de comprometida.

Fuerzo una sonrisa. Nunca me ha caído bien Paul, aunque Sophie no tiene por qué saberlo. Espero que no se equivoque esta vez.

Sophie y Paul mantienen una conversación empalagosamente dulce. Yo sigo de pie. Tengo el cuello rígido y me duele la cabeza. Sophie cuelga y vuelve a mirarme. Su rostro cambia y se pone serio como el mío.

—¿Otra vez Tom? Tienes cara de haber visto a un muerto.

—Mi tío Paddy...

—¿Sí?

—... ha muerto —termino la frase.

—Vamos. —Agarra la revista, el boli y las gafas y hace un gesto con la cabeza para que la acompañe—. Lo que sea, me lo cuentas ahora. —Y me coge de la mano como a una niña.

Abre el cuartito de la oficina.

—Siéntate aquí y me cuentas lo que está pasando.

Me quito la bufanda, la chaqueta y le cuento lo sucedido. La Policía, el coche, mi tío. Sophie asiente en silencio.

—¿Y tu hermana?

Me levanto, cruzo los brazos y respiro hondo.

—No tengo ni idea. No sé ya cuántas veces la he llamado.

—¿Y Tom?

Me quedo callada durante un rato. Un rato largo y pesado y al final respondo con un hilo de voz:

—Está en Belfast. Aún no se lo he dicho.

—¿Cómo?

—Lo sé, lo sé —y repito más despacio—: lo sé. —Miro a la nada y me sincero con mi amiga—: No sé si quiero que vuelva.

El rostro de Sophie se encoge como se encoge mi corazón.

—¿Tan mal estáis?

—Sí. No. No sé. —Me siento en la silla, bajo los brazos y mis palabras se desinflan en el aire—: Es como si no me quedase en esta relación más energía con la que seguir.

—Pero ya pasó, ¿no?

—Supongo… —Hago una mueca agria.

—Está bien.

Sophie sabe cuándo no insistir. Nos quedamos en silencio durante un rato. La oficina es tan pequeña como tres pasos a la derecha y cuatro a la izquierda. Noto el marco de la foto en mi bolso.

—Sophie —la miro fijamente—, alguien cenó con mi tío la noche en que murió.

Sophie abre más los ojos.

—¿Quién?

—Eso me gustaría saber. Había dos platos sucios de la cena.

Sophie se queda pensando.

—¿Y si tu tío tomó una ensalada en un plato y en el otro el plato principal?

Me inclino despacio hacia un lado.

—No es posible. Nunca he visto a mi tío comer en dos platos. Es demasiado humilde.

—¿Se lo has contado a la policía?

—No. Lavé los platos y organicé un poco la casa. No lo pensé en ese momento. No paran de repetirme que no hay indicios de criminalidad —lo digo levantando los dedos haciendo el gesto de entrecomillas.

—¿Y tú crees que hay indicios de criminalidad?

—No digo que los haya. Lo único que digo es que mi tío salió por la noche, se mete en su coche y a medio camino muere de un ataque de asma. No tiene sentido. —Me abanico con las manos—. ¿Puedes darme un poco de agua, por favor?

Sophie se inclina hacia mí como si quisiera decir algo, pero se levanta y me trae un vaso de agua.

—Toma. ¿Quieres unas aspirinas?

—Sí, dos.

Cojo otro pañuelo y me seco la frente.

—¿Y esos sudores?

—La madre naturaleza haciendo de las suyas.

—¿Tan pronto? —levanta la voz.

Me tomo las aspirinas y trago tan deprisa el agua que me hago daño en la garganta.

—Y lo del ataque de asma no me cuadra… —Pongo el vaso en la mesita.

—Tengo una idea. —Sophie enciende el ordenador, levanta los dedos y me dice con voz de niña de anuncio de televisión—: Con internet y estos deditos gorditos vamos a buscar respuestas.

—¿Qué buscas?

—Información sobre el asma. —Y lee en voz alta con tono de presentadora de noticias—: «El asma es una enfermedad del sistema respiratorio caracterizada por una inflamación crónica de la vía aérea...».

—Ya lo intenté yo. Además, no me sirve —le interrumpo—. No sabía que mi tío tenía asma. El doctor Brown mencionó un asma intermitente por el frío o algo así.

—Está bien. Vamos a ver… —Y sigue leyendo—: Aquí está: «El asma intermitente aparece menos de una vez por semana con síntomas nocturnos menos de dos veces cada mes».

—Sigue sin servirme. Supongamos que tío Paddy sabe que tiene asma. ¿Por qué no sale de casa con su inhalador?

—Quizás no le daba muy frecuente…

—Exacto.

—¿Qué te parece esto? Aquí hablan del asma inestable o caótica: no tiene un motivo o causa aparente.

¿Sin motivo aparente? Me rasco la cabeza.

—Pero debe tenerlo. Busca causas extremas de asma o algo así.

Las manos me sudan. Sophie está tan cerca de la pantalla que parece que se la va a comer. Teclea con avidez.

—¡Bingo! Aquí hay algo: «Las emociones no producen asma, pero las reacciones emocionales fuertes como reír, llorar o suspirar pueden provocar síntomas, especialmente si el asma no está controlada».

—Déjame leer.

Sophie se aparta, recoge su revista y su boli, y ahora soy yo la que devora la pantalla.

—«Una reacción emocional puede provocar un ataque de asma…». —Paso el dedo por la pantalla como si leyera las líneas de un artículo de periódico—: «… Si no se controla a tiempo, puede provocar la muerte».

¿La muerte?

Sophie grita de la nada:

—¡Apego!

Salto de la silla del susto. El corazón parece que se me salga por la boca.

—«Apego» es la teoría que describe la dinámica de largo plazo de las relaciones entre seres humanos. —Y rellena excitada su crucigrama.

—Me has dado un susto de muerte.

Tomo una gran bocanada de aire e insuflo algo de vida a mi pobre corazón.

—Lo siento, cielo. —Me mira con ojos dulces—. Sé que no estás en un buen momento. —Pone la mano en mi hombro—. Le diré a Paul que pase por casa de tu tío mañana y te echamos una mano con el empaquetado y, si quieres, puedes donar algunas cosas a la tienda…

Asiento, pero mi mente está en otra parte.

¿Qué o quién provocó una reacción emocional tan fuerte en mi tío que su cuerpo colapsó hasta morir?

10

Martes, 10 de enero de 2006
Hora: 19.17

En la entrada de mi casa han dejado un paquete con mi nombre. Lo cojo y abro la puerta. Cuelgo la chaqueta, la bufanda y el bolso en el recibidor. Me acerco al espejo de la entrada; de mis ojos cuelgan un par de bolsas negras. Pongo la espalda recta y me doy unas palmaditas en las mejillas para recuperar el color. ¿A quién pretendo engañar? Lanzo un suspiro débil y tiro de mis pies hasta el mueble de licores, un globo terráqueo de madera lacada oscura y aire *vintage*. Tom me regaló el globo terráqueo con la promesa rota de viajar más a menudo juntos. Pongo los dedos sobre la manija y lo abro como un huevo roto. Está cargado de botellas para las cenas que solíamos hacer con los amigos. Cojo una botella de Cointreau, un licor francés hecho a base de cáscaras de naranja, y me sirvo una copa.

Una de mis amigas tenía la costumbre de tomar Cointreau para el postre. No he visto a ninguna de ellas desde que salí del hospital. Le pedí a Tom que no viniera nadie a verme y luego me desilusioné cuando solo recibí unas flores y una carta frívola de condolencia. ¿Me hubiera gustado que mis amigas hubieran venido de todas maneras? Aprieto la copa más fuerte. Pero no vinieron. Doy otro trago y el licor me quema la garganta.

Abro el paquete. Son mis nuevas zapatillas color rosa y ribeteadas en verde manzana. Tienen amortiguadores a los lados y están diseñadas para correr largas distancias.

Tocan a la puerta, pero no espero a nadie a estas horas. A través de la mirilla veo a Oliver, mi vecino. Habrá visto las luces del salón encendidas y sabe que estoy en casa. Viene en un mal momento. Me encojo de hombros y abro la puerta.

—¿Qué haces? —pregunta con el mismo tono gris que sus ojos.

Levanto la frente. Oliver ha cambiado desde la muerte de Amy. Parece que hasta ha perdido su gran estatura. Lleva una sudadera tan deshilachada como su aspecto. Y en la parte izquierda de la sudadera hay cosido un parche con el número setenta y siete sobre el corazón.

—Oliver, estoy ocupada.

—Ya veo. —Y se queda mirando la copa en mi mano.

¿Le dejo o no le dejo pasar? Mis dedos tamborilean sobre el cristal de la copa. Le he dicho que no tantas veces..., aunque Oliver no tiene la culpa de nada.

—Anda, pasa. ¿Quieres una copa? —Me doy la vuelta y me dirijo a la licorera sin que me responda.

—Siento lo de tu tío. Margie me contó...

—Margie cuenta muchas cosas. ¿Cointreau?

—¿Es fuerte?

Se me escapa una sonrisa de soslayo y asiento con la cabeza.

—Entonces, uno doble. ¿Tom está...

—... de viaje. Tom está de viaje. —Me aclaro la voz y continúo—: No te quedes de pie. No es la primera vez que estás en casa.

Extiendo la mano hacia Oliver para que coja la copa. Se sienta en el sofá lentamente y me dice:

—Es la primera vez que estoy aquí sin Amy.

Disimulo que se me encoge el estómago y finjo una sonrisa congelada.

—Tampoco tenemos a Tom para que nos haga una de sus cenas. Salud. —Y golpeo ligeramente su copa.

Oliver vuelve a dar otro trago. Nadie dice nada. Se hace un silencio, largo e intenso. Oliver mira alrededor del salón como recordando el tiempo en el que él y Amy cenaban con nosotros. Se me tensa la garganta. Es demasiado doloroso escuchar a Oliver hablar de su mujer como un disco rayado.

—¿Y esas zapatillas?

Su pregunta afloja mi cuello.

—He vuelto a correr otra vez.

—¿Y eso?

—Me estoy preparando para el maratón de Steyning esta primavera.

—Pues lo estás celebrando antes de tiempo.

Permanezco quieta con la mirada rígida. ¿Estoy preparada para restablecer una antigua relación de vecinos? El blanco de sus mejillas se torna rosado.

—Lo siento, es una broma de mal gusto. No es propio de mí.

He visto a Oliver llorar, gritar, reír y volver a llorar en cuestión de minutos. No es justo juzgarlo.

—¿Cómo está tu hijo? —le pregunto.

—Bien, bien. Hablé con él hace un rato. Está con los padres de Amy.

—¿Y el colegio y todo?

Parpadea rápido y baja la mirada.

—Sigo de baja. El colegio encontró un sustituto por el momento.

Hago amago de levantarme y acercarme a Oliver, pero me contengo.

—Oliver, ha pasado más de medio año.

—Lo sé, pero la echo tanto de menos.

—Entiendo. —Mi garganta es un amasijo de nudos.

—No, no lo puedes entender —su voz es áspera . Yo la echo de menos, quiero que vuelva y tú, en cambio…, sé que quieres que Tom se vaya.

Su comentario es punzante como la daga de Judas que perfora tu espalda lentamente. Oliver deja la copa con fuerza encima de la mesa, levanta los brazos tensos y abre las manos en un intento frustrado de arrancarse la cabeza para no pensar más. Sus manos son grandes y masculinas, y su torso, al contraluz, aparece fuerte y viril. Sé que en otra época hubiéramos sido nosotros los culpables de alguna otra historia. Ahora sería por despecho. Esta conversación no va a ningún lugar.

—Oliver, tengo cosas que hacer. —Y cruzo las manos.

Oliver respira hondo y traga. Estudio la nuez de su garganta mientras sube y baja.

—Perdona, he sido un grosero —su voz vuelve a sonar gris y triste.

Suspiro, descruzo las manos y dejo caer los hombros. Cuando corres, el dolor físico puede llegar a ser inmediato, intenso e insoportable. Cuando pasa, lo olvidas. En cambio, el dolor del corazón es justo lo contrario, cuando llega, nunca imaginas lo que puede llegar a doler con el tiempo. Cierro los ojos y evoco a Tom en mis pensamientos. No hay respuesta. El silencio entre Oliver y yo es perturbador como una premonición.

—Megan, tengo que preguntarte algo.

No respondo a su ruego. Muevo la espalda hacia atrás y mantengo la distancia. Oliver hace una pausa como escogiendo con mucho cuidado sus palabras:

—A Amy y a ti os gustaba quedar para tomar algo como buenas amigas.

Me llevo una mano a la frente. Definitivamente no éramos amigas.

—Bueno, éramos vecinas —confirmo lo obvio.

—Sí, sí, lo sé. Amy siempre me decía lo agradable que era tu compañía.

Un hilo de ácido empieza a ascender por la garganta. El talón de Oliver golpea nervioso el suelo, baja la mirada a su alianza de matrimonio y dice con tono remoto:

—Creo que Amy tenía un amante.

—¿Un amante? —digo fingiendo sorpresa mientras me paso una mano por el pelo.

—Sí, alguien con quien se veía a mis espaldas…

—¿Y cómo has llegado a esa conclusión después de siete meses? Nunca me has dicho nada —pregunto con cierto recelo y curiosidad.

—No lo sé. Simplemente es una corazonada.

—Oliver, mira, ahora no es un buen momento para mí con el entierro de mi tío.

Me levanto y cojo mi vaso y el suyo y me acerco a la cocina. Siento sus ojos clavados en mi espalda. Me gustaría girarme y mirarlo a la cara. No puedo.

—¿Tú sabías algo? —dice con tono entre acusatorio e inseguro.

Abro el lavaplatos y empiezo a meter las copas dentro de forma automática.

—Oliver, despierta. Amy ya no está con nosotros. Qué más da.

—Necesito saberlo —su voz adquiere firmeza.

Le echo valor y me giro.

—Basta, Oliver.

—Por favor.

—¿Vienes a mi casa después de más de medio año a preguntarme si tu difunta esposa se iba a la cama con otros?

—Yo no he dicho otros. —Y se levanta.

—Mejor lo dejamos ahí, ¿vale?

Oliver encierra la cara en sus manos y solloza en silencio. Dudo por un momento. Me acerco a él.

—Amy era guapa, activa, ambiciosa y con una personalidad maravillosa. Esa es la forma en la que deberías recordar a tu mujer.

Oliver me escucha y mantiene la compostura.

—¿Me regalas la botella? —pregunta.

—Tengo otras más de reserva.

Le acerco la botella y le tiendo un pañuelo de papel, pero sus ojos están secos.

—Oliver, quizás no hoy, pero mañana tienes que empezar a pensar en tu hijo. —Asiente con sus ojos grises y lo acompaño a la puerta—. Y tienes que pensar también que cualquier decisión buena o mala que Amy tomó en el pasado, se queda ahí, en el pasado —las palabras salen de mi boca sin pretenderlo. Oliver me mira fijamente unos segundos con cara de pregunta. Abre la boca de nuevo, la cierra. Niega con la cabeza—. Será mejor que te vayas, Oliver. Tengo mucho que hacer. Hablamos en estos días. —Y le cierro la puerta antes de que me haga más preguntas incómodas.

11

Martes, 10 de enero de 2006
Hora: 20.02

MINUTOS MÁS TARDE, suena el teléfono de casa. No es Katherine, es la funeraria. Quieren confirmar que el funeral estará listo para el domingo. No habrá velatorio. Será lo mejor. Digo a todo que sí con tono apático mientras juego con la textura de la cortina del salón. Es un terciopelo de color paja apagado. Cuando llegue la primavera pondré unas cortinas más alegres. Bueno, si sigo viviendo aquí. Quizás un azul pastel que contraste con los muebles de madera vieja y den al salón algo de vida. Las ventanas de la calle forman un cuadro de árboles desnudos sobre una luz mortecina que disipa el oscuro de la noche. La noche tiene el mismo color que ayer. Y que anteayer. Y que el día anterior. Y entre el oscuro de la noche una sombra de color grisáceo se mueve inquieta en el vacío de la calle.

Mi cuerpo se petrifica. La extraña silueta avanza

torpe hasta la puerta de casa. Corro la cortina y me escondo detrás. ¿No es la misma silueta que apareció ayer por la noche cuando encontré en la puerta de casa mi reloj roto?

Atino a buscar el número de Oliver en la memoria del teléfono. Mis dedos tiemblan.

—¿Sí?

—Asómate a la ventana. Rápido. ¿Ves a un hombre ahí fuera?

Las palabras salen atropelladas por mi boca y mi corazón retumba en mi pecho.

—¿Cómo?

—Mira afuera, en la calle —levanto la voz—. Hay alguien delante de mi casa.

Se oyen unos ruidos al otro lado de la línea. Oliver se mueve. Presiono el puño sobre el pecho como si así pudiera desacelerar los latidos.

—Megan, no veo a nadie.

Uso la cortina como un escudo y asomo los ojos con sumo cuidado. Mi mano derecha estrangula el teléfono como si me agarrase a un precipicio para no caer. La extraña silueta ha desaparecido.

—¿Megan?

Respiro hondo y mantengo el aire dentro hasta que noto que mi corazón vuelve a su ritmo natural.

—¿Megan, sigues ahí? ¿Estás segura?

Retiro la cortina de mi cara.

—Claro que estoy segura.

La puerta está cerrada con llave y cadena. Compruebo todas las ventanas de casa. También están cerradas. Saco del cajón de la cómoda el reloj roto. Marca las 18.47 del 8 de enero. La noche del domingo. El reloj victoriano de pared del salón marca pasadas las ocho de la noche. Me paso el reloj roto de una mano a otra. ¿Era el mismo hombre que apareció ayer? ¿Alguien me vigila? ¿Para qué? ¿Mi imaginación está jugando conmigo? Guardo el reloj en la cómoda, subo a mi habitación y echo el pestillo. ¿Llamo a Tom? ¿O mejor llamo a la policía? ¿Y qué les digo? ¿Que una extraña silueta me vigila por las noches? Niego con la cabeza. Me tomarían por loca. Me encojo de hombros y aprieto más el nudo del batín. Mejor no llamo a nadie. Estoy sola en esto.

12

Miércoles, 11 de enero de 2006
Hora: 08.32

SEIS MILLAS, una ducha y un buen desayuno es justo lo que necesitaba para poner en claro mis ideas. Si existe alguna relación entre mi reloj roto, la extraña visita de un desconocido y la muerte de mi tío, solo se me ocurre una forma de averiguarlo: ¿qué hizo tío Paddy en las últimas horas antes de su muerte? Primero visitaré a papá y luego hablaré con el padre Jonathan.

Bajo la calle y Oliver está sentado en el escalón de su casa con la cabeza hacia atrás mirando un cielo encapotado. Su boca forma una pequeña circunferencia de la que emana un humo gris. Me acerco más, pero Oliver no nota mi presencia. Lleva la misma camiseta que ayer. Sostiene entre los dedos un cigarrillo a punto de extinguirse, y en la otra mano una taza grande de café. A los pocos metros, alzo la mirada y busco ese punto en el cielo donde Oliver está mirando.

—Las temperaturas están bajando —dice con voz lacónica. Su mirada sigue fija en una nada.

—Perdona por ser tan brusca ayer. No estoy en un buen momento.

Baja la cabeza y sus ojos son inexpresivos. Parpadea despacio y da una larga calada al cigarrillo.

—Bienvenida al club. —Espira el humo gris de sus pulmones y su cara se difumina por momentos—. Gracias por el licor.

—No tienes que darme las gracias.

—¿Adónde vas?

—Voy a ver a mi padre.

—¿No trabajas?

—He pedido unos días libres. Estoy liada con el funeral de mi tío… ¿Qué plan tienes tú?

—Voy a ver a mi mujer. —Y se enciende otro cigarrillo.

—Entiendo…

Amy llegó al lugar correcto, pero el día equivocado. Llegó tarde y la muerte se la llevó. Fue su culpa. Si hubiera llegado un día antes, Oliver y yo seguiríamos sumidos en la ignorancia. Ahora los dos estamos sumidos en el dolor. Un aire frío se cruza entre nosotros y me acaricio un mechón de pelo que se me ha puesto en la mejilla. Escojo con mucho cuidado mis palabras:

—Solo quería decirte que, si necesitas ayuda, si necesitas a alguien que te ayude a organizar cajas con las cosas de Amy…, ya me entiendes, que me lo digas y te echo una mano.

Su rostro permanece indiferente. Juego con la correa

del bolso mientras lo miro esperando una respuesta que no llega y digo:

—Bueno, nos vemos.

Sus ojos se mueven y me mira los pies.

—Espera, ¿y esas zapatillas no eran para correr?

¿Qué pregunta es esa? Oliver ha cambiado tanto…

—Oliver, tengo que irme, vale.

Me doy la vuelta y sigo andando.

—No llegues tarde —dice Oliver a lo lejos.

Una ráfaga de frío se abalanza sobre mí. Llego a la esquina y aminoro el paso. El cielo parece una cúpula gris, como una cárcel opresiva. Pobre Oliver. Es mejor para él que no sepa la verdadera razón de la muerte de su mujer o nunca podrá perdonar a Amy.

13

Miércoles, 11 de enero de 2006
Hora: 09.04

PAPÁ reside en Lavander Lodge desde hace ya casi un año cuando el alzhéimer le impedía llevar una vida normal. Tom me convenció de que era lo mejor para todos y mi hermana Katherine tampoco se opuso. Por fortuna, papá ha dejado ya de preguntar cuánto tiempo más se quedará aquí.

¿Visitó tío Paddy a papá antes de morir? Trago saliva y me acerco al mostrador. No hay nadie. Al fondo del pasillo, una enfermera negra de brazos rollizos y rizos gruesos arrastra un carrito de pequeños vasos blancos de plástico.

—Estamos faltos de personal —me explica con voz lenta al acercarse.

Una de las ruedas está enganchada y da pequeños golpes en el suelo.

—Entiendo —respondo.

—No, no lo entiende. Una baja por enfermedad y dos por maternidad en una semana. —Suspira—. Maternidad. ¿Quién se puede quedar preñada en un lugar como este?

La miro sin saber que responder.

—Quisiera ver a mi padre, el señor Hudson.

—¿Ha preguntado en la recepción?

—No ve que no hay nadie.

—Estamos faltos de personal —repite, y gruñe algo inteligible—. Además, es la hora del desayuno. ¿Tiene cita tan temprano con su padre hoy?

—Sí. Bueno, hoy no. El lunes. —Me coloco la correa del bolso más arriba del hombro; ahora toca mi cuello—. Surgió un asunto familiar imprevisto y no pude venir.

—¿Canceló?

—No. Surgió un asunto familiar imprevisto —repito.

—Entonces, canceló —confirma con un ligero movimiento de cabeza lo que es obvio.

—Supongo que sí.

Me mira de arriba abajo.

—Bueno, no pasa nada. —Levanta la cara y apunta con su doble barbilla a un cuaderno encima del mostrador—. Escriba el día, la persona a la que visita, firme ahí en el registro y acompáñeme —me dice y empuja el carrito.

Tomo el bolígrafo y relleno las casillas con la fecha y la hora. Firmo y dejo el bolígrafo al lado del registro.

Dos pasillos más tarde la enfermera para.

—Ahí tiene a su padre. —Y señala al final de un tercer pasillo que da al comedor.

Paso un marco de puertas dobles que me transportan a otra época, como si entrara dentro de un cuadro de costumbres en color sepia: un cuarteto de hombres juega a las cartas al lado de las ventanas que dan a la calle, un grupo de mujeres de rostro impasible hacen ganchillo mientras ven la tele, y unas enfermeras recogen sus platos del desayuno. Las únicas risas que se oyen provienen de un canal de televisión americano. Una enfermera corta una manzana a un anciano y otra enfermera alisa el cabello de una anciana que sujeta una muñeca.

Papá está sentado de espaldas, solo, mirando a través de unos ventanales que dan al jardín. Me acerco y pongo la mano encima de su hombro.

—Hola, papá.

Se gira y sostiene en las manos una caja de zapatos. Me mira con ojos vacíos color mar oscuro.

—Soy Megan, tu hija.

El aire se mezcla con el olor a comida y a las conversaciones lentas entre los residentes y las enfermeras. Pequeñas grietas se abren en la comisura de los labios de papá y dejan salir una sonrisa que me toca el alma. Le doy un beso en la mejilla.

—¿Cómo estás, papá?

Su sonrisa se apaga.

—Llegas tarde —me dice.

—Lo siento, no pude venir el lunes a verte.

—¿El lunes? ¿Qué día es hoy?

—Miércoles.

—Miércoles —repite con duda.

—Papá, ¿qué hay en esa caja de zapatos?

—No lo sé.

Me siento y arrimo mi silla para estar más cerca de papá.

—Tengo que hablar contigo. Es importante.

Papá asiente, aunque no estoy segura de que tenga un buen día.

—¿Qué número sigue al treinta y nueve en orden invertido?

Papá piensa y me responde:

—Treinta y ocho.

—¿Sesenta y cinco?

—Sesenta y cuatro.

Pongo la mano sobre la suya y continúo:

—Tío Paddy ya no está entre nosotros.

Aparece mi reflejo en el cristal de la ventana. Tengo los ojos hinchados y con ojeras. Necesito algo más que una ducha y un buen desayuno. La expresión de papá vuelve a estar vacía. Meditabunda, quizás. Pone la caja de zapatos encima del alféizar de la ventana mientras mira como el viento arranca las pocas hojas del árbol del jardín.

—¿Volvió tu tío a Malasia?

—No. Tío Paddy no volverá a visitarnos. ¿Estuvo contigo el domingo?

Niega con la cabeza.

—No me acuerdo de haberme despedido de tu tío.

Papá contempla el árbol y yo le contemplo a él. Suspiro y dejo pasar un largo silencio.

—Papá, ¿qué hay en esa caja de zapatos?

—No lo sé.

—¿Puedo abrirla?

—No es mía.

—Bueno, pues entonces la abro.

Mi padre observa cómo le echo un vistazo a la caja con curiosidad. Meto la mano y encuentro un llavero con forma de conejo.

—Papá, ¿de dónde has sacado este llavero?

—No lo sé. ¿Caroline?

—¿Quién?

—Está embarazada. Ya no viene.

—¿Y esta libreta llena de garabatos?

—Es mía. Para hacer la compra.

Sigo escarbando. Un rollo de fotos sin revelar, un inhalador, una moneda oxidada.

—¿Un inhalador para asmáticos? ¿De tío Paddy?

—No lo sé. Es un inhalador —responde.

—Mira esto, un cordón de zapatos azul marino, una cinta pequeña de cámara de vídeo, una postal de Devon.

Le doy la vuelta. Está dirigida a una tal Lizzie. La dejo en la caja. También hay uno de los relojes de Tom.

—¿Qué hace el reloj de Tom aquí?

Papá tiene la mirada abandonada a través de la ventana.

—Papá, ¿me estás escuchando?

—El árbol se está marchitando —dice con voz lánguida.

—Los árboles no se marchitan. Son las flores. Los árboles pierden las hojas.

—Ese árbol se está marchitando —insiste—. Está viejo.

—Papá, ¿de dónde has sacado el reloj de Tom?

Sigo rebuscando en la caja y encuentro también uno de mis pendientes. Papá sigue en su mundo.

—Le he pedido al enfermero nuevo, ese jovencito indio que siempre huele a curri y parece simpático, que corte una rama sana y me la regale.

—Papá, también hay uno de mis pendientes de aro. ¿Dónde está el otro?

—Me ha dicho que sí, pero aún no lo he visto por aquí estos días.

Paro y levanto la mirada. Papá tiene nostalgia.

—Dime. ¿Para qué quieres una rama del árbol?

—El árbol se está muriendo. Quiero conservar una rama como recuerdo. Quiero recordar que estuvo aquí, vivo, con nosotros.

Se me hace un nudo en la garganta. Debería traer a papá a casa y pasar más tiempo conmigo, ahora que Tom está más ausente. Busco un pañuelo dentro del bolso y me sueno la nariz.

—Papá, tío Paddy ha fallecido.

La expresión de su rostro se vuelve taciturna

—¿Fallecido? —repite.

Afirmo con un largo «Síííí». Se queda pensativo como si tuviera un diálogo interior consigo mismo. Busco en su mirada perdida a mi padre. Un ápice de cordura. Levanta la mano derecha, me mira fijamente y apunta con el dedo dándome instrucciones:

—No le digas nada a mamá. Yo hablaré con ella.

El nudo en la garganta se convierte en una bola de

tristeza, tan grande que no me deja tragar. Me levanto, guardo el carrete de fotos y la cinta de vídeo en el bolso y alcanzo a darle un beso de despedida. Mi voz es un susurro:

—Tendrás tu momento para hablar con mamá. Nos vemos pronto.

Dejo el reloj de Tom y mi pendiente en la caja de zapatos. Papá no se olvidará de mí.

—¿Cuándo volverás?

—Pronto.

Atravieso el comedor con pasos rápidos. Me tapo la garganta con la mano en un intento de ahogar la congoja. Busco el baño. Una vez que entro, y estoy sola, mis ojos son dos presas de agua agrietadas por los últimos dos días. Se resquebrajan y un manantial de lágrimas se derrama por mis mejillas hasta mis labios. Saben a sal, saben a mí.

Yo tampoco olvidaré la memoria de mi familia. Tío Paddy podría estar vivo si no se hubiera metido en su coche.

14

Miércoles, 11 de enero de 2006
Hora: 10.47

Me acerco a la iglesia con la esperanza de desgranar las últimas horas de la vida de mi tío y encontrar el motivo que le impulsó a abandonar su casa en plena noche.

A través de los ventanales de la iglesia, la luz de las velas zigzaguea como culebrillas. Paso por las gruesas puertas de madera vieja y me invade la oscuridad. Mis ojos se acomodan a la penumbra. A la izquierda, se impone una fuente de hojalata color ocre con agua bendita. Meto la mano en el agua fría y me santiguo. Un olor fuerte a incienso impregna la iglesia. Paso a través de una cadena de sobrios bancos de madera caoba. Las paredes están cargadas de cruces, crucifijos, cálices, ángeles e imágenes de santos y santas. Al fondo, decorado de claveles amarillos, está el altar con Jesús colgado de su cruz. Sus ojos me observan con tanto realismo que no importa el ángulo desde donde mire, la imagen de Jesucristo me sigue con la mirada. Cruzo las manos y de mis labios sale una oración que desaparece en un suspiro. En una esquina, a la derecha, se esconde el confesionario. Una caja de madera oscura casi negra donde, de niña, en la misa de los domingos, solía confesar al cura mis pecados. Me lamo los labios. Están secos. Una voz ronca pronuncia mi nombre y despierto de mis pensamientos:

—Megan, hija mía. ¿Eres tú?

Padre Jonathan se acerca a mí con pasos cortos. Los años le han castigado con un gran exceso de sobrepeso disimulado por una sotana negra y un alzacuello blanco que no puede ya hacer su función de alzar ningún cuello.

—Padre Jonathan, ¿se acuerda de mí?

—Hija mía, ¿cómo no me voy a acordar de ti? —Junta las palmas de las manos y las eleva hasta la barbilla en una plegaria ensayada—. Déjame pensar. Han pasado casi diez años. Siento volver a verte en tan triste circunstancia. —Trago saliva y el padre Jonathan continúa—: Jamás tuve mejor sacristán que tu tío Paddy. —Baja la mirada y mueve la cabeza varias veces—. Ven. —Y coge mi mano—. Pareces cansada.

La madera del banco cruje al sentarnos.

—Padre Jonathan, quisiera preguntarle algo sobre mi tío...

—No te preocupes, hija mía. Sé que es un momento difícil para ti y tu hermana Katherine. Confirmé con la funeraria la misa para este domingo. No dilataremos más este dolor. —Su voz suena serena y contrasta con mis preocupaciones.

—Necesito que me aclare ciertas cosas. Estoy algo confundida.

El padre Jonathan aprieta mi mano.

—El domingo le daremos a tu tío el adiós que se merece. —Hace un gesto de sonrisa triste a medio terminar y puedo ver las marcas del alzacuellos clavadas en su mandíbula rechoncha. Retiro la mano.

—Padre Jonathan, ¿no le parece extraña la repentina muerte de mi tío? No tiene sentido.

—Sí que lo tiene ante los ojos de Dios.

—Ya… ¿Cuándo fue la última vez que vio a mi tío?

Se reclina y se queda pensativo.

—El domingo.

—¿Estuvo con usted?

El padre Jonathan duda.

—No estuvo en la misa del domingo.

—Pero ¿habló con usted?

—No recuerdo.

—¿No se acuerda de si habló con mi tío el domingo?

—Bueno, sí que me acuerdo. Hablamos de poca cosa. Nada de interés. —Carraspea—. Algunos domingos por la tarde venía a casa para tomar té. No vino y pensé que quizás estaba cansado. —Mira a la cruz y continúa—: Dios lo guarde en su regazo. —Y se santigua.

—Entiendo.

¿Realmente lo entiendo? Las velas del altar arrojan un parpadeo nervioso. Levanto la cabeza hacia la imagen de Jesús como esperando a que me responda.

—¿Y no hablaron de nada? —insisto.

—¿Hablar de qué?

—No sé, de algo. Cualquier cosa.

Su sonrisa se difumina.

—¿Por qué me preguntas eso?

—Antes de morir, tío Paddy cogió el coche por la noche. ¿Usted sabe por qué?

—Hija mía, tienes que aceptar las circunstancias y tener fe.

—No, padre. Me refiero a que, si mi tío Paddy no pasó por su casa a tomar té porque estaba cansado, no entiendo por qué salió en su coche por la noche.

Se produce una pausa más larga. El padre Jonathan mira a Jesucristo, levanta la mano y se pone el dedo índice en la boca. Cuando habla, su voz es más ronca:

—Él nunca me mencionó que estaba cansado. Al no venir, pensé que estaría en casa descansando. Quizás olvidó algo y salió con su coche…

—¿El qué? —le interrumpo.

Cruzo los brazos y agacho los hombros como si empequeñeciera por un instante. ¿Cuántas veces me he hecho yo esa pregunta? Pero nadie me da una respuesta. El padre Jonathan rompe el silencio y continúa:

—¿Recogiste las pertenencias de tu tío?

—Sí, el lunes. También hablé con el médico forense.

—¿Y qué te dijo el médico forense?

—No me acuerdo del término médico que utilizó. Fue un ataque de asma que escaló a un paro cardiaco por la falta de oxígeno. Es poco común, pero existen casos. ¿Qué razón tuvo mi tío para salir en plena noche?

El rostro del padre Jonathan se turba sombrío.

—No lo sé, hija mía. Solo Dios lo sabe. Tu tío siempre fue un alma errante. Un alma llena de energía y carisma, pero también humilde y discreta.

—Estoy de acuerdo. Tan discreto que nadie sabe por qué salió en mitad de la noche.

¿Tan discreto que le costó la vida?

—Dios lo guarde en su seno. —El padre vuelve a santiguarse.

Suena mi móvil. Primer tono. No reconozco el número. El padre Jonathan me mira con sorpresa y desaprobación. Segundo y tercer tono. Me levanto de un salto y salgo corriendo hasta la puerta principal. Cuarto tono. No puedo perder esta llamada. Quinto tono. Me tropiezo con el escalón de la puerta y caigo al suelo. Sexto tono.

—¿Dígame? —respondo ahogada.

—¿Está usted bien?

—Sí, sí.

Me he hecho daño en la rodilla derecha. Me duele.

—Soy el oficial Jones.

—¿Sí?

El oficial Jones se aclara la voz.

—Dos agentes pasarán por casa de su tío en breve. ¿Podrá usted estar allí?

—Sí.

—De acuerdo. —Y cuelga.

La comisura de mis labios se eleva en una sonrisa. Ya no me duele la rodilla. Intento incorporarme.

—Hola. Hola. ¿Estás bien?

Alguien me toca el hombro y mi espalda se tensa. Su voz es pesada y gangosa. Sus manos están sucias de tierra. Aparto el hombro y levanto la cabeza. Delante de mí hay un hombre con un mono de jardinero un par de tallas más grandes que él mismo. Me mira y sus ojos se achinan.

—Sí, gracias —titubeo.

El padre Jonathan se acerca a mí, me extiende la mano y me pregunta.

—¿Estás bien, hija mía?

Asiento.

—Padre, ¿le puedo pedir algo?

—Tú dirás.

El jardinero nos observa y me quedo callada.

—Peter, ¿puedes dejarnos a solas?

El jardinero anda con las piernas arqueadas y mueve la cabeza de lado a lado con cada pie que pone en el suelo.

—¿Quién es ese jardinero?

—¿Peter? Cuida del jardín de la iglesia. El pobre tuvo meningitis de pequeño y aún conserva la inocencia de un niño. —Se quita el alzacuellos—. ¿Qué puedo hacer por ti?

—¿Me acompaña a casa de mi tío Paddy?

—¿Ahora?

—Ahora —repito con la misma intensidad con que me pregunta. Acerco la mano a su brazo, pero la retiro antes de tocarlo—. Necesito una segunda opinión —miento.

El padre Jonathan no dice nada. Parpadea nervioso. Pasados unos segundos, su rostro se relaja y asiente:

—Déjame que cierre la sacristía.

—Gracias.

15

Miércoles, 11 de enero de 2006
Hora: 11.24

El padre Jonathan anda por la acera cabizbajo con las manos cruzadas detrás de la espalda. Intento inútilmente mantener el ritmo lento de sus pasos, cortos y torpes. Torcemos la esquina y pasa por nuestro lado el coche de la Policía, que aparca delante de la casa de tío Paddy. Una vez que la policía inspeccione la casa de mi tío, revaluarán el informe oficial. Por alguna razón, tío Paddy se vio obligado a salir de su casa en mitad de la cena y la policía tiene que averiguar de qué huía mi tío la noche en que murió.

El agente Reed baja del coche acompañado por una mujer policía. No está el oficial Jones, y eso juega a mi favor.

—Buenos días —dicen los dos policías.

Los mofletes del agente Reed se hinchan con una sonrisa jovial. Su compañera, de complexión delgada, parece aún más joven. Su tez es del color del yeso blanco y se mueve segura dentro de un chaleco antibalas y una camisa blanca. Me tiende la mano:

—Soy la agente Fiona Robertson. Nos gustaría echar un vistazo a la casa de su tío —dice con voz decidida.

—Por supuesto.

Se acercan a la puerta y yo los sigo.

—¿Tiene la llave?

Paso entre ellos y abro la puerta. La agente Robertson pasa primero y el agente Reed la sigue. Me quedo detrás al lado del padre Jonathan en la entrada.

Los policías inspeccionan el salón de lado a lado con ojos de halcón. La agente Robertson levanta la frente y hace una señal para que el agente Reed suba la escalera. Sus pasos suenan secos en la madera.

—Quédense ahí, por favor —dice la agente Robertson, y luego se pasea por el salón. Mira de arriba abajo como si fotografiase en su memoria cualquier detalle. Mientras inspecciona la casa, yo la inspecciono a ella y, a mi lado, el padre Jonathan me observa callado. Nadie dice nada.

Desde el primer piso, los pasos del agente Reed se mueven de la habitación del tío Paddy y continúan hacia el baño para luego bajar las escaleras. Mira a su compañera y niega con la cabeza. La agente Robertson abre más los ojos y mueve la cabeza hacia atrás en asentimiento. ¿Qué estarán pensando?

Doy a mi voz un tono exagerado de preocupación:

—Pueden ver que está todo hecho un desastre.

La agente Robertson me mira con ojos felinos.

—Dígame, ¿qué está usted viendo?

—¿Cómo que qué estoy viendo? —Abro más los párpados—. Todo está hecho un desastre.

Cierro los puños y tenso los brazos. El padre Jonathan sigue en la puerta. No entra. El agente Reed interviene:

—Señora Evans, voy a inspeccionar la parte trasera del jardín.

La agente Robertson no dice nada. Entra en la cocina, respira con cierta apatía, y abre uno de los armarios, más con parsimonia que con interés. Se da la vuelta y se queda apoyada en el banco. Sus labios rosados contrastan con su tez blanca. Es demasiado guapa para ser una agente de Policía. Cuando el agente Reed vuelve del jardín, mira a su compañera y niega con la cabeza otra vez.

La sangre se acumula en mis manos y me obliga a mover los dedos.

Los policías se colocan uno al lado del otro. El padre Jonathan cierra la puerta de la calle, se acerca a mí e intenta decir algo, pero calla.

—No vemos nada raro, señora Evans. Lo siento —dice la agente Robertson.

—Pero ¿no ven lo que yo veo? —mi voz se tiñe de frustración.

—¿Qué es lo que ve?

Me muevo alrededor del salón y señalo con el dedo las pruebas.

—Los platos estaban encima de la mesa cuando llegué y también había platos sucios en el fregadero. —Me acerco a la alfombra del salón y señalo con las manos—. Hay migajas en el suelo. Estoy segura de que mi tío se vio obligado a salir de su casa con urgencia.

Cruzo los brazos mientras espero una respuesta. Todos los ojos están puestos en mí.

—Vemos lo mismo… —dice el agente Reed.

—¿Y entonces?

—Y entonces no vemos nada fuera de lo normal — añade la agente Robertson.

Tenso los músculos de los glúteos como si me estuviera preparando para una carrera de fondo. Golpeo el suelo con el pie y noto las mejillas rojas.

—¿Y qué es lo que tiene que haber? ¿Sangre? — pregunto con tono irónico.

—Cálmese, señora Evans. Hemos venido como usted nos pidió —dice el agente Reed.

—Pintan a mi tío como si no estuviera en su sano juicio. Pero es que hay que estar ciego... —Levanto la mano despacio y me quito una gota de sudor de la frente.

La agente Robertson me extiende un pañuelo de papel. ¿Qué sabrá esa joven de la menopausia? Y dice:

—¿Ve la silla? —Asiento mientras me seco la frente —. Su tío se levantó y apartó la silla. Si la silla hubiera estado tirada en el suelo, hubiéramos sospechado. ¿Movió la silla cuando estuvo aquí? —Niego con la cabeza y la agente Robertson continúa—. No hay utensilios sobre el suelo o platos tirados o nada que nos haga suponer que su tío tuvo un altercado con nadie. ¿Entiende?

—Además —añade el agente Reed—, la cama está hecha y el baño está también en perfecto estado.

—¿Entonces? —pregunto.

—Entonces es cierto que su tío pudo salir en mitad de la noche el domingo —dice la agente Robertson.

—¿Y para qué?

—Pues no lo sé. Para comprar algo que se olvidó. No sé. Pan, leche…

—¿Leche? —repito incrédula.

—Lo que sea —insiste la agente Robertson—, pero no salió huyendo porque fuera agredido o escapara de nadie. Simplemente sería un olvido.

—¿Un olvido? —levanto más la voz.

Guardo el pañuelo en el bolsillo y subo las escaleras para comprobar de nuevo la habitación de tío Paddy. La cama está hecha. Entro en el baño. Todo está en orden. Me apoyo en el marco de la puerta de la habitación. ¿Realmente sería posible que mi tío saliese a comprar algo de última hora? Bajo las escaleras despacio y cabizbaja. Ahí sigue la policía y el padre Jonathan.

—Hija mía, es de agradecer que estos policías vinieran en tan poco tiempo.

—Pero, padre, ¿no le parece todo un poco raro?

Por alguna razón, el padre Jonathan no está de mi parte.

—Padre Jonathan —pregunta la agente Robertson—, ¿hay alguna tienda por aquí cerca que abra los domingos?

—La gasolinera está a casi dos millas.

—¿Y a qué hora cierran los domingos?

—A las siete, creo.

La agente Robertson se acerca y me pregunta con voz suave:

—¿No es posible que su tío saliera un domingo por la noche, cogiera su coche y fuera a la gasolinera más cercana a comprar algo de comida antes de que cerrara?

Sus ojos felinos me miran fijamente.

—Es posible. —Se adelanta el padre Jonathan y asiente varias veces con la cabeza mientras me mira esperando la misma reacción—. Es posible —repito como un eco y mi voz se encoge—, es posible.

Me siento en el sofá como esperando a que mi tío entrase por la puerta y nos sorprendiera a todos: «Aquí estoy. Me olvidé comprar leche».

Pero tío Paddy no volverá.

Es hora de regresar a casa.

Lo que nadie me ha explicado todavía es por qué había dos platos de la cena sucios y no uno. ¿Quién cenó con tío Paddy la noche en que murió?

16

Miércoles, 11 de enero de 2006
Hora: 12.31

—Buenas tardes. —Pongo la bolsa con el abrigo de mamá encima del mostrador y le enseño la rotura—. ¿Podrían arreglar el bajo y limpiar el abrigo en seco?

El joven dependiente de origen indio coge la bolsa. A sus espaldas, cuelga un armario de chaquetas, abrigos, esmóquines, trajes de fiesta, e incluso un par de trajes de boda todos cubiertos en un plástico traslúcido. En la esquina, una señora mayor de pelo blanco remilgado en un moño y traje indio de color púrpura y volantes trabaja absorta inclinada sobre su máquina de coser.

—Un momento —dice el dependiente.

Muestra el abrigo a la señora mayor que despierta de su labor y se comunican en un idioma que desde mi ignorancia tan solo puedo catalogar de origen indio. La mujer inspecciona el bajo y asiente con la cabeza.

El joven dependiente coge la bolsa y escribe en un

recibo unas notas mientras me dice en un inglés muy acelerado:

—¿Para cuándo quiere el abrigo?

—Para antes del viernes si es posible. Salgo de viaje la semana que viene.

El abrigo de mamá me dará suerte en la entrevista de trabajo del martes.

—Ningún problema —responde el dependiente.

—Gracias.

Salgo de la tienda y el aire tiene olor dulzón de aguanieve. Al lado del supermercado local se ubica la única tienda de fotografía del pueblo. Los cristales del escaparate son los mismos que cuando era niña y en las esquinas crecen unos hierbajos resistentes al frío. La tienda ha cambiado de dueño tres veces en los últimos veinte años, aunque no conozco a los nuevos dueños. Empujo la puerta de cristal y el sonido chirriante de la campana me da la bienvenida. Huele a líquido de revelado y ambientador barato.

—Traigo este carrete y esta cinta de vídeo para revelar.

El dependiente me mira de arriba abajo con descaro. Su nariz grande sostiene unas pequeñas gafas. Un pelo rubio y crespo cae espeso sobre su cara redonda como una mala versión de *El rey león*, y una camiseta negra con la estampa de un grupo de *rock* apenas cubre su barriga mostrando un ombligo que hace guiños mientras levanta los brazos poniendo la cinta de vídeo al contraluz.

—Las cintas de vídeo no se revelan —me explica sin prestarme atención.

—Bueno, pues como se diga.

—Esta cinta de vídeo tiene sus años, aunque está en buen estado. De estas ya no se fabrican.

—Pero ¿la puedes revelar o como se llame? Necesito el vídeo para el aniversario de mis padres. Es un poco urgente —miento, pero no del todo. Tengo la urgencia de saber qué se esconde en el vídeo y en el carrete de fotos que encontré en la caja de recuerdos de papá.

El dependiente deja la cinta sobre el mostrador. Masca un chicle con olor a menta.

—Puedo pasarlo a formato DVD si quieres. Pero le tengo que preguntar a un amigo. Yo no tengo una videocámara que pueda leer esta cinta. —Su voz se corta y su cara cambia de expresión. Entonces añade rotundo—: Ahora caigo. Me acuerdo de ti.

Doy un paso corto hacia atrás y tenso las piernas.

—¿De mí?

—Te vi el lunes en la comisaría de Policía.

El dependiente es mucho más joven de lo que parece. Un Peter Pan sacado de un concierto de *heavy metal*.

—¿Qué hacías tú en la comisaría? —le digo.

—En calidad de testigo.

—¿Testigo de qué?

—Tengo un trabajo extra. Estoy de mantenimiento en la guardería local. Un par de horas, antes de que la abran. A veces me quedo con los peques si algún asistente se pone enfermo. Mi sobrino también está allí. Juego con ellos y eso. Soy un tío guay. —Levanta el puño haciendo los cuernos y su sonrisa enseña un chicle pegado a una caja de dientes mal formada. El tamaño de su cuerpo esconde a un joven que recién ha terminado su adolescencia.

—¿Testigo de qué? —repito confusa.

—Vi a un muerto en un coche.

Mi corazón se para de súbito y cada una de sus palabras entra en mis oídos como notas disonantes. Un eco se repite dentro de mí: «Vi a un muerto en un coche». Me acerco la mano a los labios y me cuesta articular las palabras:

—¿Un muerto en un coche? —murmuro más que pregunto.

—No respiraba. —Sus ojos brillan y su voz tiene un tinte de secretismo—. Ya lo he visto antes: el corazón se para, la piel se tensa, en cambio, los músculos se aflojan y esto afecta a la vejiga y los intestinos. Tú sabes a lo que me refiero. Ya no hay vejiga o intestinos que retengan nada. —Se sube los vaqueros negros ceñidos y acelera sus palabras—. Media hora más tarde la piel color ceniza se oscurece y la textura es como la cera, una cera de color morado. Lo más importante es la temperatura corporal. Aquí las matemáticas son fáciles: el cuerpo se enfría un grado y medio por hora. Es así como se dictamina el momento exacto de la muerte. El problema ahora es la gravedad, puesto que la sangre se acumula en la parte inferior del cuerpo dejando unos labios pálidos, y las manos se hinchan y se ponen azules. Un azul oscuro. —Y traga saliva—. Los ojos se hunden, aunque la expresión de la cara no cambia, incluso se vuelve más nítida. Al cabo de varias horas empieza el *rigor mortis*, es decir —levanta las manos para darle más expresión a su discurso—, el cuerpo se pone rígido como una piedra y lo único que se puede hacer es esperar unas doce horas hasta que los músculos se relajen otra vez. —El dependiente se queda pensado. Ya no me mira a mí. Parece que hable consigo mismo y continúa—: La policía tuvo suerte conmigo. —Y su pecho se hincha—. Lo encontré pasadas las doce horas y les fue más fácil sacar del coche al cadáver.

En mi garganta, una bilis corrosiva desafía a la gravedad. Mi boca se llena de agua y retengo las ganas de vomitar ácido. Aprieto el puño en mi estómago. ¿De qué está hablando este tarado? Doy otro paso atrás y me trago la bilis.

—¿Dónde lo has visto antes? —pregunto.

—¿Cómo?

—Has dicho que lo habías visto antes. ¿Dónde has visto antes un muerto?

El Peter Pan gótico traga, y su papada se mueve también.

—En las pelis... —su voz es ahora tímida.

Mi dedo roza la punta del mostrador de cristal. Aprieto fuerte.

—Yo soy su sobrina.

—Hostia, eres tú. —Sus ojos se abren aún más.

—¿Qué viste?

—Te lo he dicho. Estaba muerto cuando llegué. Lo siento. —Se ajusta la camiseta y me mira unos segundos como si intentara leerme el pensamiento y responde—: Tengo memoria fotográfica y me acuerdo de su cara. ¿Quieres saber cómo era su cara?

No respondo a este tarado. Me acuerdo bien de la cara de mi difunto tío. Inclino la cabeza y me quedo tan quieta como una estatua. La vergüenza y la curiosidad están lidiando una batalla dentro de mí. Tan rápido como asiento, el dependiente continúa excitado:

—Tenía los ojos abiertos como platos, y la cara…

—¿Cómo era su cara? —le interrumpo.

—No me refiero a la cara en sí. —Frunce el ceño y niega con la cabeza—. No sé. Su boca…

—¿Qué pasa con su boca? ¿Alguien lo agredió? Sé claro.

—Tenía la boca medio abierta. —Sus manos pintan en el aire un bostezo de tío Paddy y mi imaginación le da color a ese cuadro y continúa—: Su boca estaba medio abierta como si la muerte llegase antes de que terminase su última frase. Sus últimas palabras.

Mi cuerpo parece que se desplome y mi voz es un susurro, un pensamiento en voz alta:

—Pobre tío Paddy. Solo y con la mirada perdida en la nada…

—Te equivocas —salta la voz del dependiente y repite—: Te equivocas, eso es lo que no entiendo. Tenía los ojos torcidos mirando… —Se detiene y apunta con los dedos mientras se queda pensado unos segundos como resolviendo una fórmula matemática— … Hacia el cristal de su izquierda, eso es. Miraba a su izquierda.

La sangre palpita en mis sienes. ¿Estuvo alguien en el coche cuando tío Paddy murió? Encojo los hombros y miro a través del mostrador como una hilera de cámaras de fotografía de diferentes tamaños y formas reposan bocarriba como ojos metálicos que me examinan.

—Murió de un ataque de asma —confirmo.

—Vaya, como en las pelis.

—No es una película —levanto la voz y suena la campana chirriante de la puerta detrás de mí.

Una chica joven con una mochila de campamento entra despacio y el dependiente la observa de arriba abajo.

—¿Y las fotos? —Atraigo la atención del dependiente, que responde sin apartar la mirada de la chica:

—Siento la pérdida.

—¿Cuándo tendrás las fotos preparadas? —insisto.

—Las puedo tener en un par de horas con un coste adicional. Pero no te cobraré extra.

—Gracias. ¿Y el vídeo?

—Hablo ahora con mi amigo y luego te digo. El vídeo es viejo. Quizás no haya nada.

—Vale. Estaré de vuelta más tarde.

Salgo de la tienda y me dirijo a la parada de autobús. Vuelvo a casa de tío Paddy antes de que Sophie llegue con la furgoneta y me ayude a empaquetar. Si tío Paddy estuvo con alguien, tiene que haber alguna pista en su casa.

17

Miércoles, 11 de enero de 2006
Hora: 12.58

Llueve aguanieve. Cruzo la calle y me cobijo debajo de la parada de autobús. A mi lado, una mujer mayor con un carro de la compra y un chico joven con una gorra roja también esperan el autobús. Me subo la bufanda hasta las mejillas. La lluvia repiquetea contra el panel como un batallón al acecho.

Abro mi bolso y saco la cartera de mi tío que me entregó la policía. Muevo la cartera desde diferentes ángulos sin un propósito específico. No tiene nada de especial. La abro y saco unas cuantas tarjetas del supermercado, la biblioteca y el banco. También hay una foto de mi hermana y otra en la que se me ve a mí de cuando hicimos la primera comunión. Sostengo ambas fotos una al lado de la otra. Solo tenemos en común el vestido blanco y la postura incómoda. Guardo la cartera, saco un pañuelo y me sueno la nariz.

Llega el autobús. Entro, pago y me siento. El olor a gasolina se mezcla con un exceso de calefacción y el traqueteo del motor hace el viaje incómodo y sofocante. Dos paradas más tarde, la mujer mayor se baja y solo quedamos el chico de la gorra roja y yo; y otros cinco minutos más de trayecto. El autobús repta por un circuito de calles grises serpenteantes hacia Steyning. La lluvia está apretando igual que mi dolor de cabeza.

Desde el reflejo de la ventana el chico de la gorra roja me observa. Muevo la cabeza y el chico aparta la mirada hacia el exterior. Toco el botón de parada y me levanto. Tiene el mismo sonido metálico que mi móvil. Vuelve a sonar la campana del autobús. Una vez y otra vez. El chico me observa.

—¿Qué quieres? —le pregunto irritada.

El joven me apunta con el dedo y dice:

—Te está sonando el móvil.

Las puertas del autobús se abren. Salgo y apoyo el pie en un charco de barro. Abro el bolso y busco la luz del móvil. Justo está en el fondo. El móvil sigue sonando y lo atrapo como un pájaro que intenta escapar. La pantalla brilla con el nombre de la persona que llama. Mi nuca se tensa y releo el nombre varias veces antes de dejar que mi corazón empiece a acelerarse.

¡Es Katherine!

Aprieto el botón, pero no tengo sensación táctil. Llevo puestos los guantes. Cojo el móvil con la mano izquierda y con los dientes muerdo y estiro del guante de mi mano derecha. Escupo el guante y cae en el charco.

—¡Katherine!, por fin. He intentado localizarte —mis palabras salen a borbotones como un motor en propulsión. Recojo el guante sucio y camino hasta casa de tío Paddy.

—Lo sé.

—No sé cuántas veces he llamado a tu móvil.

—Lo sé.

—Ayer llamé también a tu trabajo. Espero que no te hayas molestado.

—También lo sé, pero es un poco tarde para molestarse.

—Tengo malas noticias que darte.

—Sé que la mala noticia es que tío Paddy ha muerto.

Paro de súbito.

—Sí… —La adrenalina deja de hacer *surfing* por mi cuerpo y mi voz se desinfla—. ¿Cómo lo sabes? —Sujeto el móvil con la cabeza y el hombro para que no se me caiga mientras hago malabares para buscar las llaves y abrir la puerta de la casa de tío Paddy.

—Mi secretaria me pasó tu mensaje —su voz suena cansada, pero mi voz sube el tono:

—¿Y me llamas ahora?

—Lo importante es que llame. ¿No?

Me quedo sin palabras para responder. La familia nunca ha sido una prioridad para Katherine, pero esta vez roza el absurdo. Aprieto los dientes y Katherine continúa:

—No sabía que tío Paddy estaba enfermo.

—Yo tampoco creo que estuviera enfermo. Su cuerpo apareció sin vida dentro de su coche. ¿No te parece extraño?

Katherine no reacciona. ¿Se ha cortado la línea?

—¿Katherine? Katherine, ¿sigues ahí?

—Continúa.

—Lo encontró un descerebrado que necesita una buena ducha y ropa limpia. ¿Por qué cogió tío Paddy su coche en plena noche…? Katherine, cuando llegué a su casa, ni siquiera había recogido los platos de la cena. Era como si hubiera salido huyendo de algo. —Se hace un largo silencio al otro lado de la línea. ¿Estoy hablando conmigo misma?—. ¿Katherine?

Estoy de pie en el salón de la casa de tío Paddy.

—Sigo aquí. Dime, ¿tuvo una muerte instantánea?

—¿Una muerte instantánea? Pero ¿de qué estás hablando?

—Me refiero a si murió en un accidente de coche. Megan, no te explicas bien. ¿Puedes hacer el favor de calmarte?

Aprieto con más fuerza el móvil y estrujo las palabras lentamente:

—Según el informe de la policía, y previamente cotejado por el forense, nuestro tío murió de un ataque de asma provocado por el frío. Es un caso infrecuente pero no imposible.

—¿Qué más?

—El dependiente de la tienda de fotografía encontró a tío Paddy en el coche el lunes por la mañana y avisó a la policía. Si aún quieres una explicación más detallada, pásate por la tienda y el dependiente disfrutará dándote más detalles del proceso de descomposición de un cadáver.

—No tiene gracia.

—Tú lo has dicho, no tiene gracia. No entiendo qué

hacía tío Paddy en su coche un domingo por la noche. Si no le gustaba conducir.

La voz de Katherine empieza a despertar de su apatía:

—Vuelve a la tierra, Megan. Tío Paddy vivía su vida. Tú no estabas en su cabeza y tampoco sabes el ir y venir de tío Paddy.

—¿El ir y venir? Tú eres la que tiene que volver a la tierra. Te he llamado un montón de veces. También es tu tío.

—Te he dicho que he estado ocupada.

No respondo. Al otro lado de la línea se oye la respiración de Katherine. Seguramente, estará mordiéndose las uñas como hacía cuando era niña. La familia siempre se le ha hecho grande. Estoy delante de la ventana de la casa de tío Paddy que da a la calle. ¿Quién estuvo con él la noche del domingo? ¿Estaría tío Paddy aquí, en la misma posición que yo, esperando a ese invitado? Me acerco más al cristal y se impregna con el vaho de mi respiración. Dibujo pequeños corazones. Respiro hondo y mi voz se suaviza:

—Lo siento, Katherine. Estoy un poco nerviosa.

—¿Qué vas a hacer ahora?

—La misa es el domingo, por lo demás no sé…

—¿Necesitas dinero?

Frunzo el entrecejo.

—No es dinero lo que necesito. Necesito poner un poco de orden…

—Entiendo. Mándame el número de cualquier funeraria local. Yo me encargo. Cuídate.

Y me cuelga antes de escucharme decir:

—Tú también.

Doy pasos en círculo por el salón buscando una pista: un sofá viejo hace compañía a una silla de mimbre que sujeta una manta doblada sobre el brazo, y al lado de la silla, hay una lámpara de suelo con la bombilla cubierta de polvo. Una televisión encima de una consola y un viejo reproductor de vídeos. Todo muy parco.

Entro en la cocina. Los armarios son de chapa de color crema, lo más barato que había en el mercado hace más de treinta años. De la pared cuelga un calendario con citas y eventos religiosos y varias marcas de boli y tachones. En los cajones encuentro un juego de cuatro cucharas, tenedores y cuchillos. Abro uno de los armarios. Está lleno de paquetes de café, tazas de diferentes tamaños y un paquete de galletas empezado dentro de una caja metálica. El olor es fuerte. La puerta del armario no cierra bien. Piso sin darme cuenta un sobre de azúcar que estaba tirado en el suelo. Lo recojo con una servilleta y lo tiro a la basura.

Una luz se enciende en mi cabeza con la intensidad de cincuenta bombillas de halógeno y siento calor en las mejillas. Agarro el móvil y llamo a la policía. Tengo la pista que estaba buscando. Mi tío solo toma sacarina.

18

Miércoles, 11 de enero de 2006
Hora: 13.27

—Comisaría de Steyning, agente Collins al habla.

—Alguien estuvo en casa de mi tío el domingo por la noche.

Mis palabras salen de mi boca con energía.

—¿Perdón?

Mis manos sudan y tengo molestias en las articulaciones. Me aclaro la garganta y continúo:

—Hablé con usted el lunes. Me dio una bolsa con los objetos personales de mi tío, pero no encuentro el inhalador. ¿Se acuerda?

—Megan Evans —su voz suena a la directora de un colegio pasando lista—. En la bolsa están todos los objetos personales que recogieron mis compañeros. Supongo que también tiene las llaves del coche.

—Supone bien. Según confirma su informe policial,

la muerte de mi tío fue provocada por un ataque de asma. Y, si me permite, yo también quiero suponer que su inhalador tendría que estar con sus objetos personales. ¿O me equivoco?

—Hum... —responde con un sonido no sé bien si de duda o de irritación—. ¿Preferiría hablar con el oficial Jones?

—Pásemelo, por favor.

Se hace una pausa con un fondo de conversaciones inaudibles. Cruzo los dedos y mantengo la respiración. Exhalo y muevo las piernas dejando que la sangre circule. Enderezo la espalda hacia atrás hasta que crujen las cervicales. La casa de tío Paddy huele a cerrada.

—Oficial Jones al habla —cada sílaba cae cansada de su boca.

—Soy Megan Evans. Hemos hablado varias veces sobre mi tío Patrick. ¿Se acuerda?

—Me acuerdo de que la primera vez que estuvimos hablando, me colgó bruscamente. La segunda vez, mandé a dos agentes a inspeccionar la casa de su tío como me pidió. ¿En qué puedo ayudarle esta tercera vez?

Ignoro su sarcasmo.

—Estoy empaquetando las cosas de mi tío y he mirado en la bolsa que me dieron en la recepción el lunes, pero falta algo.

—¿Falta algo?

—Falta el inhalador.

—¿El inhalador? —su voz imita la mía.

—Correcto —estiro cada sílaba con fuerza.

—Yo mismo estaba presente cuando registramos el coche e hice el inventario de sus objetos personales. Todo está en el informe: el cuerpo de su tío fue trasladado a la funeraria, se examinó el vehículo y se interrogó al testigo —su voz cobra vida como si se hubiera acercado más al micrófono del teléfono—. Señora Evans..., su tío tuvo la mala suerte de morir dentro de su coche.

—Entonces, ¿cuál es su conclusión?

—Mi conclusión es que no había un inhalador.

—¿Y no le parece raro?

—La verdad, no.

El calor de mis mejillas es más intenso.

—¿No le parece raro que mi tío saliese en plena noche, se metiera en su coche y apareciera muerto a varias millas de su casa por un ataque de asma?

—Señora Evans, vuelve usted a lo mismo. Quiero recordarle que mandé a dos de mis agentes esta mañana para que inspeccionaran la casa de su tío como usted pidió. La muerte de su tío es de causas naturales. Usted escuchó al doctor Brown. No tengo más que añadir. —Suspira—. No ha sido el primer caso y posiblemente tampoco será el último. Es ley de vida. Posiblemente, se sintió incómodo, paró el coche, los síntomas se hicieron más agudos y, desgraciadamente, murió de un paro respiratorio. Entiendo que es una situación dura la de aceptar la pérdida de un ser querido, pero…

—¿Y no le parece raro que saliese sin su inhalador en plena noche?

Se hace un silencio al otro lado de la línea. Un

silencio largo e incómodo y parece como si escuchase mis propias palabras que se repiten como un eco en mi cabeza.

—Señora Evans, ¿está usted en casa de su tío ahora?

—Sí, ¿por qué?

—Vaya a la cocina.

Sigo sus instrucciones.

—Abra los cajones, por favor.

—Ya los he abierto antes.

—Entonces, vacíelos completamente.

Abro el cajón, levanto unos recibos y un par de cuadernos y escarbo entre papeles.

—¿Qué se supone que busco?

—Está buscando el inhalador de su tío. ¿Lo ve?

La sorpresa inicial pasa a la vergüenza. Mi cuerpo es una piedra que no quiere moverse mientras respondo casi sin voz:

—Sí.

—¿Cuántos hay?

—Dos. No, tres. Uno de color marrón y dos de color azul. ¿Cómo...?

—Gracias. Estoy seguro de que si busca en los cajones del salón o en el baño, encontrará más inhaladores.

—¿Cómo lo sabe?

—Porque su tío no tenía un inhalador solamente, señora Evans. La gente con asma tiene varios inhaladores, no solo uno. Además, el asma de su tío se manifestaba con los cambios de temperatura, temperaturas bajas. Por eso suponemos que no pensó en llevarse su inhalador. —Para un momento, coge aire e intenta hablar más despacio—. Algo que su tío no pronosticó la noche del domingo. Por eso también suponemos que su tío era consciente de que volvería pronto a casa.

Guardo silencio. Los latidos de mi corazón golpean mis sienes al tiempo que escucho el tictac del reloj de cuco de mi tío. Parece que incluso se acelere por momentos creando un ritmo irregular en mi interior. Ladeo la cabeza y desvío la mirada hacia el salón y me fijo en el segundero, que corre incansable en círculos. Círculos que no van a ninguna parte. Levanto los dedos y los muevo en el aire como si intentara tocar y atrapar un tiempo que se me escapa, y mis ojos se llenan de lágrimas.

—¿Va a colgarme otra vez bruscamente?

—No. Yo…

Una lágrima resbala por mi mejilla y el móvil me pesa como una roca. Un dolor de cabeza súbito aprieta mis sienes. ¿Me estaré volviendo loca? La voz del oficial Jones me devuelve a la realidad:

—Mire, cuando mi padre murió, fue un momento muy difícil en mi vida. Los médicos no pudieron salvarlo y yo no podía aceptarlo. Mi madre decía que era triste aceptar la realidad, pero que era aún más triste y miserable vivir en una realidad paralela.

Su voz es tan cercana que hasta parece que llego a notar el aire de su boca rozando mis mejillas cuando me habla.

—¿Señora Evans?

—¿Sí? —la voz se me queda atenazada en la garganta.

—Deje de buscar una realidad que no existe. No hay

culpables. Mire, perdone si me meto en su vida, pero quizás debería de ponerse en contacto con su marido, hágale un funeral digno a su tío y trate de seguir adelante. Estaremos en contacto.

—Gracias.

Y cuelgo, pero no bruscamente. Dejo caer el brazo. El sonido de un motor de coche se acerca hasta la puerta. Miro a través de la vieja ventana. Son Sophie y Paul. Me paso los dedos por los ojos borrando cualquier rastro de lágrimas. Saco una toallita húmeda y me limpio la cara. Me recojo el pelo para atrás con una goma y abro la puerta.

—Hola, cariño. —Sophie me da un abrazo cálido y me arroja un beso.

Paul está al lado de Sophie.

—Hola, Paul. Gracias por venir y echarnos una mano.

Paul mira al suelo y me devuelve el saludo.

—¿Por dónde empezamos? —pregunta Sophie.

—Llevaos todo lo que os sea útil. Lo que no, lo dejáis; y lo que sea más personal le pones mi nombre y lo dejáis aparte.

—¿No te quedas?

—¿Te importa si salgo solo media hora para que me dé el aire? Tengo que recoger unas fotos.

Sophie me mira a los ojos como si leyera un libro abierto y asiente.

—Claro que no. Llévate el móvil por si necesito llamarte. —Me da otro abrazo y me dice al oído—: Cenamos juntas esta noche y no acepto un no por respuesta.

Asiento con una sonrisa forzada.

Siento como si hubiera perdido una batalla de una guerra que nunca existió y, de repente, echo de menos a Tom.

19

Miércoles, 11 de enero de 2006
Hora: 14.55

—Te estaba esperando. —El dependiente mete la mano debajo del mostrador y saca una caja llena de sobres con fotos. Los pasa hasta que saca uno y me lo pone encima del mostrador. Su mano es grande y gruesa como su barriga.

—El carrete es viejo y algunas fotos están borrosas.

—¿Nada inusual?

Sus rizos rubios y espesos se mueven mientras niega con la cabeza sin entender y responde:

—Es un carrete Nokia de 36 fotos. Tiene sus añitos…

—Gracias. ¿Y el vídeo?

—Tienes suerte. Mi amigo me ha prestado su cámara para esta cinta, un modelo antiguo. Te lo voy a pasar al formato DVD. Lo puedo tener listo mañana. El coste depende de la duración de la cinta.

—Perfecto.

Meto las fotos en el bolso y, al abrir la puerta de la tienda, paro en seco un momento. He metido en mi bolso un paquete de fotos de un carrete que encontré en una caja con objetos que mi padre roba y colecciona. Fotos antiguas que han ido a parar a manos de un anciano con alzhéimer.

De la forma más natural saco el paquete del bolso y deslizo la mano dentro del sobre. Mi corazón bombea un flujo de adrenalina que corre libre por mis venas y mis sentidos se aguzan.

Saco la primera foto: unas niñas toman un baño en un lago en verano. Hay tres. Están chapoteando a lo lejos. Los colores de la foto son pálidos. Sus sonrisas inocentes me contagian y la nostalgia toca mi corazón. Respiro hondo y trago saliva. Paso a la siguiente foto: son las mismas niñas saltando al río. Es verano. La luz del sol difumina parte de la foto, pero se ve claro que son las mismas niñas. Tendrán unos once o doce años. Acerco más la foto al contraluz, pero las caras no me parecen familiares.

Abren la puerta desde fuera y el frío me despierta.

—Perdone, me deja pasar, por favor.

Meto las fotos rápido en el bolso y dibujo una sonrisa de cortesía. Sujeto la puerta y dejo pasar a una madre con un carrito y una niña de unos tres años dentro. Al lado del carrito, otro niño más mayor agarra el pomo y entra junto con su madre.

—Venga, terminamos pronto —le dice a su hijo mientras empuja el carrito.

Me quedo en la puerta como un ladrón con dudas

morales. Paso más fotos. Niñas en bañador corriendo una detrás de otra. Niñas quietas, sentadas en la orilla del río. Niñas mirando como otra se tira al río desde la rama de un árbol. La resolución de colores no es muy buena y la ropa de verano que llevan las niñas data de varias décadas atrás. Parece un colegio, una excursión o algo así. No reconozco ni el lugar ni a las niñas.

Me doy la vuelta y entro otra vez en la tienda. No hay nadie en el mostrador. Giro la cabeza y, al fondo a la izquierda, la madre forcejea con una hija que no se está quieta en la silla mientras el dependiente, delante de ellas, tiene la cabeza inclinada ajustando la cámara y la luz.

Me acerco más, pero paro en seco. A mis pies, tumbado bocabajo, el niño juega con un camión de juguete. Alza la mirada con expresión curiosa. Levanto la mano llamando la atención al dependiente.

—Perdona que te moleste. ¿Tienes el vídeo?

El dependiente para, levanta la nariz al mismo tiempo que hace un tic.

—¿No querías que te lo pasara a formato DVD?

—Sí, pero lo quiero ver antes, si es posible. Será un momento.

Mis ojos se cruzan con los de la madre pidiendo permiso. Es joven con un pelo a media melena, lacio y oscuro y ojos marrones. Siento el camión de plástico que pasa atropellando uno de mis pies.

—Vaya, vaya —le dice la madre que sostiene un peine y unas cintas de colores—, yo aún tengo que peinar a la niña.

—Como quieran.

El dependiente se acerca a mí, hace una mueca tonta y pone la videocámara encima del mostrador. Engancha unos cables, abre el casete y mete la cinta.

—Por esta pantallita verás el vídeo. Aquí el *play* y aquí el *stop*. Es un juguete para niños, ¿te aclararás?

—Creo que tienes otra clienta esperándote. —Señalo con la cabeza a la izquierda.

Dejo el sobre con las fotos encima del mostrador y saco del bolso unos auriculares. Paso la yema de los dedos por la solapa y compruebo que el dependiente está ocupado con la otra clienta y su hija. Levanto la solapa y saco todas las fotos. Las paso rápido como páginas de un libro que hojeas antes de comprarlo. Hay niñas posando delante de la cámara haciendo mil muecas. Fotos con una niña, en dúo, en trío y niñas posando en grupo. Niñas secándose el pelo con una toalla la una a la otra. Niñas riéndose, otras serias. Niñas contentas y niñas que ríen. Niñas con cuerpo de niñas, y otras niñas entrando en la pubertad, pero todas con el mismo halo de inocencia. Niñas aquí y niñas allá. Solo niñas y más niñas.

Encontré el carrete de fotos junto con la cinta de vídeo en la caja de recuerdos de papá. Eso no quiere decir que deban tener una relación directa. ¿O sí? La cinta de vídeo también es vieja. Quizás papá me pueda dar una explicación. Lo dudo. Guardo las fotos en el bolso y me pongo los auriculares. Tengo que saber qué hay en el vídeo antes de que ese tarado lo pase a DVD. Me moriría de la vergüenza si apareciera algo raro. ¿Y qué puede haber de raro?

Muevo la cabeza; el niño ahora está de pie casi a mi

lado. Es tan alto como el mostrador y juega con el camión sobre el cristal. Intento acercar la cámara hacia mí. No puedo, el cable es muy corto. Me inclino en una postura poco cómoda. Me muerdo el labio mientras mis ojos se concentran en esa pequeña ventanita.

Le doy al *play* y parece como si el mismo botón presionara fuerte mi pecho. ¿Estoy preparada para lo que voy a ver? El niño se acerca más a mí con su puñetero camión y pierdo la concentración. Levanto la mirada, pero su madre está demasiado ocupada al fondo maniobrando para poner a su hija recta como una muñeca para la foto. Un par de segundos más tarde escucho el sonido *off* de la cinta y la pantalla se enciende en color gris con mil hormigas caminando. Dejo de respirar por un momento y se me eriza la piel.

El niño me mira descaradamente. Soy más interesante que su camioncito. Tapo la pantalla con la mano y lo miro desafiante. No hace caso. De repente, salta una melodía y mi corazón se encoge como si quisiera esconderse de un peligro. Mi mano cubre la imagen, pero mis oídos escuchan una canción: *Girl, you'll be a woman soon (Niña, pronto serás una mujer)*. Muerdo con más fuerza el labio, pero no siento dolor. La excitación ha pasado a un nerviosismo. El niño fija la mirada en mi mano. Su mirada es intensa y tan curiosa como la mía. Me concentro en la letra de la canción.

Levanto la espalda e intento mover la cámara hacia mí. Imposible. Los cables son muy cortos. Vuelvo a inclinarme y muevo los dedos de la pantalla. El niño ha dejado el camión en el suelo. Tiene las manos apoyadas en el mostrador a la altura de su boca y mira directamente a la pantalla de la cámara. Se me ocurre una idea. Muevo los dedos ligeramente intentando mirar a través de una ventana con rejillas. Nada. Solo veo sombras. No puedo ver qué hay detrás de la canción. El niño sale corriendo. Es mi oportunidad.

—¿Todo bien?

Mi espalda da un respingo y se baña con un sudor frío. Cierro la pantalla de súbito.

—Sí, sí —respondo al instante.

El dependiente desplaza la mirada a la cámara y arruga la frente cuando ve que la pantalla de la cámara está cerrada. Suena la campana de la puerta. Entra una pareja.

—Mira, no tengo todo el día. ¿Quieres que te lo pase a DVD o no? Tengo clientes esperando.

El sudor se pega a mi camiseta interior. Me doy unos segundos antes de responder:

—Atiende a los clientes. Dame un par de minutos.

El dependiente bufa y mueve su atención hacia la pareja que acaba de entrar en la tienda.

¿Qué se esconde detrás de esa canción? ¿Es la canción favorita de una boda? *Niña, pronto serás una mujer.* No puedo dejar que pasen la cinta a DVD sin yo saber qué contiene. Es mi responsabilidad. ¿Le pregunto a papá? Sería perder el tiempo. Dependiendo del día, papá me daría una explicación diferente. ¿Y si devuelvo la cinta a la residencia y me evito problemas? No es mi cinta. Pero nunca sabré qué se esconde detrás de esa canción.

No hace falta que lo complique tanto: el dependiente pasa la cinta a DVD y después yo la devuelvo a la residencia; pero ¿y si me hacen preguntas? ¿Qué digo? ¿Qué he cogido la cinta de una caja donde mi padre colecciona objetos robados? ¿O simplemente digo que la cinta ya estaba pasada a DVD cuando la encontré en la caja?

Dentro de mí, el deseo de hacer lo correcto o hacer lo impensable pelean con uñas y dientes.

Junto las piernas y tenso el cuerpo. Está rígido. El muslo derecho me tiembla ligeramente. La curiosidad me envuelve como una tela de araña. Tengo que tomar una decisión. Tengo dos opciones: devolver la cinta a la residencia o pasarla a DVD.

A la izquierda, el niño está ahora con la madre que pone a su hija de vuelta en el carrito. La pareja está a dos metros de mí. Hablan con el dependiente. Buscan unas pilas de litio. El dependiente se da la vuelta y abre un cajón buscando las pilas.

¿Devuelvo la cinta o la paso a DVD?

El oficial Jones me ha aconsejado que acepte la realidad tal y como es. ¿Y qué sabe el oficial Jones de mi realidad? ¿Qué sabe por lo que estoy pasando? La imagen de Tom con otra mujer me revuelve el estómago y un cúmulo de rabia riega mi cuerpo con adrenalina. ¿He estado viviendo en una realidad *para-lela*? ¿O en una realidad *para-idiotas*? No necesito que me den clases de lo que está bien y de lo que está mal.

Mis ojos vuelan de un lado a otro de la tienda y se desvían bruscamente hacia la puerta. Cojo la cámara, giro los pies y atravieso la puerta rápidamente. El gris del atardecer me confunde por momentos. Ando rápido no sé bien en qué dirección.

Alguien grita mi nombre.

—¡Megan!

Aumento el paso.

—¡Megan, Megan!

Es Margie, mi vecina.

Agarro fuerte la cámara. Empiezo a correr. Los cables parecen látigos que golpean mis muslos con cada zancada. Mi respiración es más fuerte y mi corazón se hincha en mi pecho. La vergüenza no me deja parar y ser testigo de mis propias acciones.

Margie grita mi nombre en la distancia por última vez.

Me estoy volviendo loca.

Sigo corriendo y entro en el cementerio.

20

Miércoles, 11 de enero de 2006
Hora: 15.21

Empujo la verja metálica, pero no cede. Cojo firme el pomo y aprieto más fuerte. Está oxidado y áspero al tacto. Forcejeo inútil y la palma de mi mano se mancha de óxido con olor a moho. Mi mano está manchada de un color rojizo como la sangre y una rabia incontrolable me hace sentir más fuerte. Aprieto los dientes y le doy una patada a la verja, que chirría como el gemido de un anciano. Se abre y golpea sobre sí misma.

¿No se supone que la tristeza es la primera emoción que sientes cuando entras en un cementerio?

El verde de la hierba es más oscuro a esta hora de la tarde y contrasta con los tonos agrios de las lápidas puestas desordenadas como un juego de dominó por terminar.

Sigo el camino hasta una de las lápidas. Es la más blanca del cementerio. Los años y las malas temperaturas aún no la han desviado ni descolorido. Inclino la cabeza y le susurro:

—Hola, Amy. He visto a tu marido esta mañana. Iba de camino a verte. Mira qué flores más bonitas te ha traído.

Toco los pétalos con las yemas de los dedos. Rosas rojas. Las favoritas de Amy y posiblemente de mucha otra gente. Acerco la nariz y respiro hondo, pero no huelen a nada.

Me siento en el banco de madera. Saco un pañuelo y me seco la frente. Mi respiración se ha normalizado. Fijo la mirada en la lápida y el aire irrita mis pupilas. ¿Cuántas veces habrá venido Oliver aquí a llorar por Amy? ¿Cuántas veces se habrá arrastrado hasta esta tumba, abrazando la lápida con labios temblorosos mientras sollozaba por la ausencia de su mujer?

—Mira en qué lápida tan majestuosa vives. Tan bien pagada por tu padre.

Un escalofrío me recuerda que tengo todavía la camiseta interior mojada. La cara angelical de Amy surge en mi recuerdo. Tan guapa y llena de vida.

—Sabes que dentro de poco cumplo treinta y siete años y tú, en cambio, siempre serás joven en la memoria de todos.

Echo la cabeza hacia atrás y veo el mismo cielo encapotado de esta mañana.

—Hoy mi curiosidad ha sido más valiente que mi vergüenza y, de repente, me acordé de ti.

Dejo el bolso a un lado, que pesa con la cámara dentro.

—He tenido dos malas noticias recientemente: tío

Paddy ha muerto y la ginecóloga me ha dicho que es probable que no pueda tener hijos. —Me quedo callada como esperando una respuesta que nunca llega, pero continúo—: He estado reflexionando. Y pienso que me he equivocado en algo, aunque no sé bien en qué. No fue la decisión correcta. Pero no sé qué decisión fue la decisión incorrecta. ¿No sé si me entiendes, querida Amy? Es como un estado de apatía por las cosas que me rodean. Bueno, eso y Tom. ¿Tú lo perdonarías?

Mi sonrisa sabe a leche agria. Unas urracas han aterrizado y se mueven nerviosas por la hierba buscando algo. Cruzo los brazos, cierro los puños y clavo las uñas con fuerza. Me encojo; mi mano huele a sangre. Es el óxido de la verja.

—Te lo cuento a ti porque sé que no se lo dirás a nadie. —Trago saliva y exhalo muy despacio—. He llegado a la conclusión de que las vidas de los demás, de mis vecinos y de mis amigos me parecen mejores. Es como si su casa fuera más grande, su trabajo mejor y su vida familiar más plena. Es el deseo de ese caramelo que en boca de otros sabe mejor. Quizás por eso Tom puso la vista fuera de casa y cayó.

Las urracas alzan el vuelo y se van. Suelto los brazos y mis dedos juguetean entre sí nerviosos.

—La gente que conozco tiene casas más bonitas que la mía, tiene más dinero, más tiempo libre, viaja más y ama a sus esposas y maridos con la misma pasión que en los primeros años. Y supongo que, si ellos se miran entre sí, tendrán el mismo sentimiento que yo. Me miran pensando que tengo más tiempo para cuidar de mi físico cuando a ellas se les amontonan las horas recogiendo y cuidando a sus hijos. Es envidia, y yo soy la primera que levanta la mano. Deseamos la vida de los demás. Amamos la vida de los demás más que nuestra propia vida. Y ese deseo es como una infidelidad hacia nosotros mismos. Este sentimiento crece dentro de mí y se hace más vivo cada día. A veces me preocupa. Otras me da igual.

Una ráfaga de aire frío me golpea la cara. ¿Será el espíritu de Amy? Se cuela en mi interior, me roza las piernas y los brazos, me envuelve y se pone a sus anchas. Mi mirada se hunde en la lápida de Amy y una lágrima empaña la visión.

—Déjame que te cuente una historia, mi querida Amy. Una de mis amigas íntimas conoció a un hombre guapo y bueno. Tenía un buen trabajo y adoraba a mi amiga. Su sueño era mudarse a una casa en el sur cerca del mar, y su sueño se cumplió. Soñó con tener un hijo, y su sueño también se cumplió. Su vida era de una perfección inusual. Era buena y estaba segura de sí misma. Nunca oí a su marido levantarle la voz o descuidar de su hijo. Era la reina midas. Lo que tocaba se convertía en oro para ella. Un día puso sus ojos en Tom. Por fortuna para ella y por desgracia para mí, también su sueño se cumplió, aunque fue el principio de mi pesadilla.

La boca se me llena de babas y trago con rabia. Mi voz se eleva y mis palabras se escapan como pólvora.

—Esto pasó hace más de medio año y cuando descubrí el número de teléfono en el móvil de Tom, unos cuantos mensajes bastante obvios y un momento para mí de perderlo todo.

Muevo el cuello rígido e intento relajar la espalda.

—Pero ya no estás aquí, aunque te siento más presente que nunca.

Me levanto y saboreo cada sílaba de mis palabras:

—La cagaste, Amy, bien cagada.

¿Solo siento rabia cuando entro en este cementerio?

Me doy la vuelta y salgo del cementerio antes de pillar una pulmonía. Tengo tres llamadas perdidas de Sophie y un mensaje de Tom que dice:

«Tenemos que hablar. Besos».

No respondo.

Voy a enterrar a mi tío, devolver la cámara y terminar con todo esto.

21

Miércoles, 11 de enero de 2006
Hora: 18.16

Tengo que cambiarme de ropa y salir pitando o llegaré tarde a casa de Sophie. Abro el armario y cojo unos pantalones vaqueros limpios y me pongo el jersey azul celeste de lana de cuello alto. Me siento en la cama y me acoplo unas botas de piel que cubren media pierna. Dejo la cámara encima de la mesita de noche al lado de la lámpara con forma de lágrima. El reflejo de la luz baña la cámara y crea destellos. Paso el dedo índice por la superficie con tal cuidado como si de un codiciado tesoro se tratase.

Me pican las mejillas con la misma intensidad con que me pica la curiosidad. Cuando era niña solía robar las galletas caseras que mi madre hacía para las visitas. De eso hace ya muchos años y no era tan consciente de mis acciones. ¿Lo soy ahora? Me rasco la mejilla y cojo el móvil. Lo paso de una mano a otra con dudas mientras no dejo de mirar mi pequeño tesoro. Tengo un plan.

Dejo un mensaje de voz a mi amiga:

—Sophie, tengo un dolor de cabeza terrible. Me quedo en casa esta noche. Mañana paso por la tienda y hablamos. Gracias por todo. Besos.

Apago el móvil y cojo la cámara con las dos manos. Trago saliva y mi corazón se acelera. Mañana devolveré la cámara. Mañana devolveré la cinta a la residencia. Mañana pediré disculpas a todos. Haré todo esto mañana, pero hoy... Hoy la cámara va a ser mía.

Suena el timbre de casa. Salto de la cama y me quedo de pie quieta como una barra de metal. Vuelven a tocar. No espero a nadie. Me asomo por la ventana. Desde arriba veo la silueta de Sophie, que levanta la cabeza y me hace señales con la mano desde la puerta. En una mano sujeta una bolsa y en la otra lleva una *pizza*. No recibió mi mensaje. Bajo las escaleras desilusionada.

—¿No íbamos a cenar en tu casa?

Sophie me mira con ojos de cordero.

—Lo siento, cariño. Olvidé que es noche de póker en casa. ¿Qué te parece? Cuatro hombres y una mujer desesperada. —Sonríe—. Así que pensé que mejor me voy a verte y cenamos juntas en tu casa —dice mientras levanta la bolsa y la *pizza* para hacer más obvia su decisión.

—Anda, pasa.

—He traído tu *pizza* favorita de *pepperoni*. Por cierto, ya no está el italiano que nos gusta. Y aquí unas cervezas y helado de chocolate para bajar la *pizza*. ¿Qué te parece? Algo fácil. —Me guiña un ojo.

—Me has leído la mente—miento.

Sophie se siente complacida y se sienta en la barra de la mesa de la cocina americana.

—Mete la *pizza* en el horno unos minutos. Mira —dice levantando una revista en el aire—, acaba de salir.

—¿Qué es esta vez? ¿Otra revista de bodas?

Sophie ignora mi comentario y continúa.

—Te voy a leer algo.

—¿El horóscopo? —replico con tono irónico.

—No, señora escéptica. Algo mejor.

Me siento enfrente de Sophie. Apoyo los codos en la mesa y el olor a *pizza* abre un agujero en el estómago. No he comido mucho en estos días. ¿Le cuento lo de la cámara? Sophie abre una lata de cerveza y me la pasa. Está fría y rica.

—¿Sabes qué, Sophie? —Me reclino y encojo los hombros—. Tengo la estúpida sensación de que mi tío huyó aquella noche y eso le provocó la muerte.

—¿Huyó adónde? —Da otro trago de cerveza.

—Eso no lo sé. Huyó de algo. —Encojo aún más los hombros y lo digo en alto—: Algo que lo mató.

La sonrisa de Sophie se borra de su rostro. Desvío la mirada al cuadro de mi hermana y mi voz se vuelve lánguida:

—Lo siento. Creo que no razono bien.

—Te entiendo, cariño.

—Ya…

Sophie presiona mi mano y dice:

—Lo digo en serio. —Y me regala una sonrisa.

—¿Me crees? Porque también hice algo estúpido hoy…

—Claro que te creo. Cuando mi madre murió tenía la misma sensación. Mi madre se pasó días insistiendo en ir al hospital y yo pensé que era una de sus muchas actuaciones para buscar atención. Una vez allí… —Suspira y mira hacia la nada—. Bueno, tú ya sabes. Murió.

Balanceo ligeramente la cabeza en asentimiento. Sophie tampoco me entiende.

El bip del horno nos avisa de que la *pizza* ya está lista. Me levanto y pongo los cubiertos.

—¿Y qué cosa estúpida has hecho hoy? Tú no rompes un plato aunque quisieras.

—¿No te vas a despegar de esa revista?

—No, mira, vamos a jugar a un juego.

—¿Un juego? —Muerdo la *pizza* y el queso me quema. Doy un sorbo de cerveza rápido y me seco los labios.

Sophie dobla las hojas de la revista con una mano mientras con la otra un trozo de *pizza* vuela voraz hacia su boca.

—Este. —Levanta la revista por la página que pone: «Conózcase a sí mismo y sea más feliz»—. Necesitas un papel y un boli.

—Sophie…, eres como un perro con un hueso. —Saco de la cómoda papel y boli y se lo paso.

—No, yo no escribo. Es personal. Tú lo escribes.

—¿Escribir qué?

—Apunta. Número uno. —Da otro trago de cerveza, deja medio trozo de *pizza* al lado y continúa con tono ceremonial—: Vamos a imaginarnos que estás en un bosque caminando.

—¿Tengo que cerrar los ojos?

—No. Tienes que escribir.

—¿Un bosque? —pregunto.

Sophie asiente. Me inclino, juego con el boli y dejo mi imaginación volar:

—Un bosque de pequeños abetos alineados simétricamente.

—Apúntalo entonces, pero no me lo digas. Segunda pregunta: ¿es de día o de noche?

Me quedo pensando y respondo:

—Ni de día ni de noche. Algo intermedio. O bien amanece o está atardeciendo.

—Apunta, apunta. No me lo digas. Vamos ahora a la tercera pregunta. Describe el sendero.

—¿Un sendero? —Me pongo el boli en el labio mientras intento imaginar un sendero en mi bosque—. No hay sendero.

—Tiene que haber un sendero.

—No en mi bosque.

—Tú verás, tienes que atravesarlo. El bosque representa el tipo de persona que eres y el sendero es el camino de tu vida. Así que debes tener un camino.

¿Soy un bosque de pequeños abetos alineados simétricamente? ¿Tan cuadriculada soy? ¿No hay camino en mi vida? Termino mi cerveza y abro otra.

—Pues no vamos bien. ¿Cuántas preguntas son? —Escucho mi propia voz cargada de ironía y me da la risa. ¿Cuándo fue la última vez que pasé un buen rato en mi vida?

—Déjame ver. —Y pasa el dedo índice por la página de la revista—. Doce en total.

—¿Un resumen, por favor? ¿Helado de chocolate?

—Cuando algo no te apetece... —Y asiente a mi propuesta—. Apunta: te encuentras una vasija, un oso y una casa.

Me levanto y sirvo dos boles con helado.

—Pero ¿no te lo puedo decir?

—No. —Mueve la cabeza—. Es personal.

Garabateo unas cuantas notas. Un oso grande y feo. Lo esquivo mientras rescato una vasija de oro viejo a lo Indiana Jones. Corro y llego hasta una choza de madera. Entro y echo la llave.

—Terminado. —Levanto el bloc de notas a Sophie y le enseño las respuestas.

Un oso grande y feo, una vasija de oro viejo y una choza de madera. Sophie levanta una mano y tapa mis notas.

—Es personal. Es para ti. La proporción del oso es directa a la forma en que percibes la proporción de tus problemas, la vasija representa tu conexión con tus antepasados, la casa son tus sueños y prosperidad. Y aquí va la penúltima.

—Creí que habíamos terminado. Además, creo que he suspendido porque no respondo correctamente a las preguntas. La choza se cae a trozos…

Sophie ignora mi comentario y continúa leyendo:

—Un hombre golpea la puerta y te pide que abras.

—Ni loca abro la puerta. —Y saco un cucharón cargado de helado.

—¡¡Sh!! No me lo cuentes. Apuntalo. Esto representa el grado de confianza que tienes con las personas.

Dejo la cuchara en el bol. ¿Será verdad esa afirmación? Mi intuición no me deja confiar en Tom. Tampoco me convenció la policía y me pareció rara la actitud del padre Jonathan… ¿Tan cínica me he vuelto? Ya no tengo ganas de reírme.

—Y aquí va la última pregunta. —Sophie levanta la revista y resbala cada palabra dándoles un halo de misterio.

El móvil de Sophie suena y la magia desaparece.

—Hola, amor. Sí. Lo siento. No me había dado cuenta de la hora. Me voy pronto. No. No quiero que cojas el coche. Seguro que has estado bebiendo con los amigos. Cojo el autobús. Te escribo cuando esté de camino. —Cuelga y me mira con su sonrisa de cordero inocente. Yo me adelanto y respondo:

—No tienes que decir nada. Paul te espera en casa y yo tengo que dormir.

Tampoco me cae bien Paul, la verdad sea dicha. Sophie se levanta, me da un abrazo y me dice al oído:

—¿Quieres ser mi madrina?

Siento la ternura de Sophie calándome los huesos.

—Claro que sí.

Espero que Sophie acierte esta vez. Se merece a un hombre bueno a su lado.

—Me has dejado a mitad. ¿Cuál es la última pregunta?

Sophie coge la revista.

—Ah, sí. A ver. La representación de la muerte o la falta de cambios en la vida. Aquí dice: «… de repente todo desaparece, la casa, el hombre, el bosque y no sabes dónde estás. Por mucho que grites nadie te escucha o te puede ayudar».

Me tiemblan las piernas y, aunque respiro, no hay oxígeno en mis pulmones. Sophie está concentrada leyendo. Me agarro a la barra de la cocina. Hay algo que he vivido, pero que no puedo situar en un lugar o tiempo concreto. Cuanto más escarbo en mi mente, más oscuro se vuelve todo. Tenso los dedos y araño la superficie. Solo recuerdo la emoción. Una emoción básica, una emoción intensa, una emoción profunda: inquietud, agitación, turbación. Pánico en estado puro.

Sophie continúa:

—¿Qué haces? ¿Te rindes? ¿Luchas?

El boli sigue en mi mano y, como si un espíritu del pasado me poseyera y controlase mi brazo, garabateo mi respuesta: corro.

22

Miércoles, 11 de enero de 2006
Hora: 22.11

Me he dado un baño de sales mentoladas, me he puesto la bata de felpa rosa y estoy tumbada en la cama. Encima de la mesita de roble reposa la cámara de vídeo. La cojo y la palpo con las manos para confirmar que es real y no fruto de mi imaginación. Ayer mentí y hoy he robado. No sé qué pecado cometeré mañana.

Acoplo los auriculares, apago la lámpara de noche con forma de lágrima y dejo la cámara en mi pecho. Levanto con la uña la pestaña de la pequeña pantalla, aprieto el botón *play* y pierdo la mirada en el techo. El olor a mentol envuelve la habitación en penumbra. La luz artificial de la pantalla cubre mi cara. Tenso las piernas y echo la espalda hacia atrás. Varias vértebras crujen. Las agujetas casi han desaparecido de mis piernas. Cierro los ojos y me dejo llevar por la voz ronca de Neil Diamond: *Girl, you'll be a woman soon.*

Echo de menos salir con mis amigas. Las risas, las bromas y los cotilleos de última hora. Desde que salí del hospital perdí las ganas de verlas. Isabel se mudó a Cambridge con un abogado de familia adinerada. Paula está demasiado ocupada con sus dos hijos, el perro y su familia política. La que me queda es Maryam, mi compañera de trabajo y ahora supervisora. Tomó la baja maternal hace un par de semanas y está viviendo con sus padres en Gales estos meses antes de dar a luz. El hijo no es de su marido, pero él no lo sabe.

Termina la canción y despierto de mis pensamientos. La cinta continúa. Un silencio interrumpido por unos golpes de fondo que se mezclan con una risa de mujer. Me incorporo lentamente y apoyo la espalda en el respaldo de la cama. Me parece escuchar también un leve gruñido de un niño. Tiene que ser un vídeo casero que guarda algún evento especial. ¿Una boda? Sí, quizás es una boda. Eso explicaría la música de fondo. ¿O quizás una fiesta? Pero no oigo gente. Además, es demasiado corto. ¿Un viaje, quizás?

Este verano Tom insistió en que hiciéramos un viaje a las islas Canarias. A la vuelta, cuando aterrizamos, recibió una llamada del periódico. Tom tomó un taxi a la redacción, yo tomé un taxi a casa. Me enfadé. Al volver a casa me di cuenta de que nuestra vida se había vuelto monótona y con ello llegó el peor cáncer de una relación: la rutina.

Respiro hondo y mis pulmones se impregnan de mentol. Expulso el aire y en mi boca se queda un sabor amargo.

Abro los ojos. La habitación sigue a oscuras. Rebobino desde el principio una vez más. Hay algo enterrado en esta cinta que voy a desenterrar esta noche. Parpadeo varias veces para acostumbrar mis ojos a la luz de la pantalla. Pasan varios minutos, pero la cinta está vacía. Los ojos empiezan a irritarse y se vuelven acuosos. Vuelvo a parpadear y una lágrima recorre mi mejilla. Levanto la cabeza y miro hacia la ventana. La luz de la calle atraviesa los cristales y crea sombras dentro de la habitación. Vuelve a sonar la música, pero mis ojos siguen suspendidos mirando las sombras de la habitación. No me atrevo a mirar la pantalla. Tengo recelo. ¿Quizás miedo?

Termina la canción y escucho otra vez esa risa de mujer y ese gruñido de niño. Aumento el volumen. Ahora me parece que suena más como un gemido. Mi mirada está congelada en la nada. Ese gemido se prolonga por unos segundos y aumenta y luego para en seco. ¿Bajo la mirada? Aprieto el *stop* y enciendo la lámpara de la mesita.

Me pongo de pie y ando de izquierda a derecha. Paro. No he llegado tan lejos para no saber qué hay en esta maldita cinta.

Rebobino la cinta por tercera vez. Aprieto el botón *play* con más fuerza y fijo la vista en la pantalla como si mi vida estuviera en juego. La batería está a la mitad. A los pocos segundos una colonia de hormigas en gris se mueve nerviosa en la pantalla. Me paso la mano por el pelo sin retirar la mirada y me acerco hasta la pequeña ventana. Sin despegar la vista, corro las cortinas. Aprieto la mano sobre la tela para asegurarme de que están corridas. Nadie me ve. Muevo los dedos de los pies. Cojo la cámara con las dos manos como una piedra que pesara quintales. El nudo de la bata está deshecho y solo llevo unas bragas.

Los minutos previos a la canción se hacen eternos y mi cuerpo es un cúmulo de adrenalina. Mi corazón late rápido y mi respiración es más seguida. Respiro por la boca como si no fuera suficiente respirar por la nariz. Un hormigueo recorre mis brazos hasta la yema de mis dedos. Mientras sostengo la cámara, busco y me toco la punta de los dedos. Están fríos.

Los segundos corren y respiro con más fuerza. Abro más la boca y, con cada bocanada, mi corazón intenta alcanzar el ritmo de mi respiración. Parece que me ahogue. Estoy hiperventilando. Como si mi cuerpo me avisara de un peligro del que yo no soy consciente.

No desisto. La luz oscura que irradia la pantalla me atrae como un canto de sirenas. Hago pequeñas pausas para equilibrar la respiración. Respiro hondo y pausado. Las pausas son más largas. Segundos más tarde contengo la respiración como si estuviera debajo del agua y cuento hasta diez. Los latidos de mi corazón se espacian hasta que llegan a un ritmo normal. Un deseo incontrolable me pide que siga mirando la pantalla, que me asome a esa pequeña ventana y contemple la realidad. Y la imagen empieza a moverse: es una habitación en penumbra.

Me quito los auriculares y dejo la cámara tirada en la cama. No la he parado y continúa. Muevo las piernas y los brazos como si comprobara que mi alma sigue dentro de mi cuerpo. Mis manos ya no están frías. Por mi frente corre un hilo de sudor. Qué oportuno, me digo. Otro sofoco.

Me muerdo el labio inferior. Estoy invadiendo la vida privada de alguien. Alguien que no conozco. ¿O quizás sí? Aún no lo sé. Tanteo los auriculares con las manos y me los acoplo a los oídos. Subo aún más el volumen y el sonido *sh* es más intenso. Después de siete segundos en una habitación en penumbra, se materializa una silueta: la silueta de una mujer.

Acerco aún más la cara como si me colase dentro de esa pequeña ventanita. Sobre un plano fijo, la pequeña silueta se contonea al son de la música. Muevo ligeramente la pantalla como si pudiera enfocar más de cerca. Como si fuera un plano tridimensional al que yo me pudiera acercar y ver los bordes. La batería, la guitarra y la voz retumban en mis oídos. ¿Quién es esa mujer?

Mueve lentamente su larga melena lacia y le tapa las facciones de la cara. El color oscuro de su pelo se confunde con la penumbra de la habitación y hace difícil distinguir el rostro. Lleva una camisa clara, diría que blanca, y una falda oscura, verde oscuro quizás. Y a cuadros. Parece que me mira a mí. Intensamente. Tan real como si fuera a saltar de la pantalla, como si estuviera aquí en mi habitación bailando. ¿Conozco a esta mujer?

La misteriosa mujer sube los brazos al son de la voz de Neil Diamond y empieza a quitarse un botón de la camisa. Frunzo las cejas y aprieto los ojos. Se quita otro botón. Y luego otro y otro hasta que se forma una línea de carne blanca del cuello hasta el ombligo en contraste con las sombras de la habitación.

Paro la cinta. Entro en el baño y me quedo pensando. Vale. Ya sé lo que es. Una mujer que hace un estriptis. ¿Ante quién? Me trago un par de aspirinas con un golpe fuerte de agua y dejo el vaso en el lavabo. Me da igual la mujer y ante quién hace el estriptis. Es privado. Me tumbo en la cama y una duda me asalta: ¿quiero devolver ahora la cinta a la residencia?

Cierro los ojos y espero a mañana. Pero el mañana no llega. Hago una lista mental con las cosas que tengo que hacer esta semana y concluyo con que debería de concentrarme en el funeral de mi pobre tío Paddy y dejar las especulaciones aparte, pero mi cabeza da vueltas como las doy yo en la cama.

Enciendo la lámpara y miro el techo de mi habitación. Un azul grisáceo. Me vuelvo a incorporar. La vergüenza me atrapa, pero mi curiosidad gana y vuelvo a darle al *play*. Estudio los movimientos mientras se va quitando los botones. Nunca he visto a esta mujer.

Mira a un amante, posiblemente a un marido o a una pareja. Deja caer la camisa y se muestra desnuda ante mí como un trozo de carne blanca entre las sombras. Papá guarda objetos para no olvidar a la gente que aprecia. ¿A quién no quiere olvidar papá? Paro el vídeo. Cierro los ojos y espero a mañana.

23

Jueves, 12 de enero de 2006
Hora: 06.31

Despierto repentinamente con la imagen de la misteriosa mujer bailando en mi cabeza. ¿Quién será esa mujer? ¿Una enfermera de la residencia de mi padre? ¿Alguien de la zona? ¿Qué importancia tiene esto? La cinta no es mía. ¿No debería concentrarme en el funeral de mi tío?

Afuera está amaneciendo, aunque la calle conserva el frío gris del invierno. Me vendrá bien algo de aire fresco antes de entregar la cámara a su dueño, pedir mil disculpas y devolver la cinta a la caja de los recuerdos de papá.

Me ajusto las mallas negras y el brasier deportivo que se amolda al pecho y da soporte a la espalda. Me pongo una camiseta de poliéster azul oscuro junto con un cárdigan ligero que protege del aire. Esta vez, los calcetines de algodón son más gruesos y voy a probar mis nuevas zapatillas verdes a juego con el cárdigan.

Repaso en la pizarra las distancias corridas en los últimos días y la meta que tengo para hoy. He llegado casi a las diez millas y media. Unos noventa minutos, cuarenta de ida y cincuenta de vuelta.

Bajo a la cocina y me tomo un café en ayunas antes de salir a correr. En la calle, el viento sopla con fuerza y la sensación térmica es de frío. Aquí el invierno es muy traicionero, puesto que el grado de humedad sube al estar cerca de la costa. Aumento el ritmo y entro en calor. Correr sobre el césped tiene mejor amortiguación que correr sobre el asfalto y reduce el riesgo de lesiones. Subo y bajo pequeñas colinas y la imagen de la mujer bailando persiste en mi cabeza. ¿Qué puede motivar a una mujer a dejarse grabar en un vídeo haciendo un estriptis? ¿Dinero? ¿Su amor por el hombre? ¿Somos estúpidas?

Algunos estudios escritos por hombres confirman que es más difícil para las mujeres romper sus propios récords que para los hombres. Esto es debido a los niveles hormonales. Las hormonas y los hombres, siempre cogidos de la mano. Hay hombres para todo, aunque Tom nunca me pidió hacer un estriptis delante de una cámara de vídeo. Me hubiera muerto de la vergüenza. Ya da todo un poco igual.

Surge una idea en mi cabeza. Una pequeña sospecha. Quiero ver el vídeo por última vez y espero estar equivocada.

Aumento la velocidad, pero mis rodillas se resienten. Cuando tuve problemas en el pasado, utilicé unas almohadillas para mantener las rodillas más sujetas, pero no me facilitaba la movilidad, así que dejé de usarlas y contacté con un especialista que me enseñó unas técnicas para no sobreponer el peso en las rodillas o lesionar la espalda. Los pasos largos pueden dañar las vértebras de la columna ya que trabajan más duro para amortiguar los pasos de carrera.

Me voy acercando a una cuesta de descenso. Intento aminorar la marcha para no sobrecargar las rodillas. El ritmo de mi respiración es estable y las pulsaciones también con un margen de ciento cincuenta a ciento cincuenta y cinco pulsaciones. Ahora continúo por una recta. Desde lo lejos veo un grupo de vacas esparcidas pastando. Libres de preocupaciones.

He superado las cinco millas y media y me despido de las vacas y del cuadro bucólico. Vuelvo a casa. Sigo corriendo y mantengo el mismo nivel de pulsaciones. Tengo los pies mojados por el rocío de la hierba y la frente húmeda por el sudor.

Una hora y media más tarde llego a casa. Mi cerebro está bañado en serotonina y en el centro de mi mente una duda con forma de mujer baila y da vueltas. Solo espero que mis sospechas no sean reales.

Cuanto más corro, más tiempo debo dedicarle a hacer estiramientos para evitar una lesión. Los músculos se agarrotan y duelen después como me pasó el domingo.

Entro en casa, me doy una ducha y apunto en la pizarra con orgullo otras once millas. He corrido la distancia más larga de mi vida, once millas, y no tengo a nadie para que me felicite.

Bajo a la cocina y me preparo unos huevos con tostadas de pan de centeno algo duro. El frigorífico está vacío. Solo quedan un par de manzanas verdes en el frutero.

Rebobino la cinta y la pongo en la mesa junto con el plato con los huevos y el pan. La cinta tiene una duración de quince minutos: once minutos en negro y cuatro minutos con una misteriosa mujer haciendo un estriptis. Empiezo a comer. Minutos más tarde escucho la música y me fijo en la mujer. Mueve la melena negra y lacia, pero no consigo distinguir la cara. Todo está oscuro, lleno de sombras. Dejo el tenedor y el cuchillo a un lado sin apartar la vista de la pantalla. ¿Por qué querrías participar en la grabación de un baile así, si apenas se puede ver?

Se quita la falda mientras sigue bailando. La camisa apenas le cubre los muslos. El pelo baila con ella. Es una mujer joven y pequeña.

¿Acaso me da morbo ver ese vídeo?

No, yo no soy así. Tomo una servilleta. La palabra adecuada es empatía, un extraño lazo de empatía con esa misteriosa mujer.

Se desabrocha el último botón de la camisa. Es el último minuto de la canción. Trago el pan y el huevo. No me queda zumo. De repente salta la respuesta. Ahora lo entiendo. Es obvio. La mujer mira al hombre que tiene delante. No mira al objetivo de la cámara.

Aprieto fuerte la servilleta. Ella no sabe que la están grabando. Es un vídeo oculto. Se me ha quitado el apetito. Dejo la servilleta en el plato. Echo el pan rancio y el resto de los huevos a la basura. Cojo una manzana del frutero y le doy un mordisco.

Mi padre tiene que darme explicaciones de dónde sacó el vídeo.

24

Jueves, 12 de enero de 2006
Hora: 08.19

Me acerco al mostrador, pero nadie viene a mi encuentro. El suelo está mojado y huele a lejía. Al fondo, una mujer con cuerpo de niña está fregando el pasillo. Mueve la cabeza absorta por el ritmo de la música de los auriculares. ¿Es la mujer del vídeo? Hago señas, pero no responde. ¿Es que ahora todas las mujeres pequeñas de la zona son la mujer del vídeo? Alargo mis pasos hacia ella con cautela de no dejar huellas en el suelo.

—¿No ve que está mojado? —responde malhumorada.

—No hay nadie en la recepción…

—Yo solo soy la limpiadora. Pregúntele a alguna de las enfermeras. Allá. —Y señala al fondo del pasillo en la dirección opuesta.

Me quedo quieta. Compruebo que la cinta de vídeo sigue en mi bolso y saco unos caramelos mentolados.

—No espere a que se seque. Le daré otra pasada. —La limpiadora se ajusta los auriculares y continúa con su tarea.

No hay ninguna enfermera a la que preguntar y continúo por el pasillo hasta la habitación de mi padre.

¿Se acordará de nuestra conversación ayer? ¿Quizás no note la ausencia de tío Paddy? Ni siquiera pregunta ya por Katherine.

Toco a la puerta.

—Papá. Soy Megan.

No hay respuesta. ¿Estará desayunando en el comedor? Una llave cuelga del pomo redondo de la puerta y una cesta de la lavandería vacía con el nombre de Sr. Hudson espera paciente al lado del marco de la puerta. Toco otra vez.

—¿Papá?

Mamá siempre decía que era de mala educación presentarse sin avisar, incluso que era un delito a la privacidad abrir cartas que no son tuyas. Katherine dejó de hablarme durante casi un año porque abrí una de sus cartas. Fue cuando se veía a escondidas con aquel chico del colegio privado. Teníamos el mismo apellido y creí que era para mí. Bueno, quizás quise creerlo. Además, la carta estaba abierta.

Aparto la cesta de la lavandería y abro la puerta despacio.

—Papá, voy a entrar. ¿Estás ahí?

Una cama de hospital cubierta con un amasijo de sábanas se extiende a lo largo de unas ventanas cerradas a la luz por unas cortinas de doble forro. Al otro lado de la exigua habitación, un armario delgado y con poco lustre se alza al lado de la puerta del baño. Haciendo esquina, entremedias de las ventanas y la cama, se halla una mesita de noche con una colección desordenada de objetos prácticos: una lámpara, un teléfono, un vaso de plástico con agua, una radio y un reloj. No hay fotos ni flores.

—Papá, tienes que ser más organizado —le hablo a las paredes de la habitación.

El sentido práctico de papá se ha ido evaporando con el tiempo. Corro las cortinas, abro las ventanas y pongo las sábanas en la canasta.

Alguien tira de la cadena del váter. Mi cuello se tensa. ¿Estoy en la habitación equivocada?

—¿Papá…? —pregunto apretando los dientes.

Unos ruidos salen de detrás de la puerta del baño. Doy un paso hacia atrás como los cangrejos en dirección al pasillo principal. Demasiado tarde. La puerta del baño se abre.

—Vuelves a llegar tarde. —Mantiene una expresión autoritaria y anda hacia mí como buscando la línea recta entre él y yo.

—Lo siento, papá, he estado liada y no pude venir antes a verte. —Saco la cinta del bolso y se la muestro —. ¿Has visto esta cinta antes?

—No. ¿Qué día es hoy?

—Jueves. Esta cinta estaba en tu caja de los recuerdos. ¿Es de alguna enfermera? ¿Alguien de aquí? ¿Te acuerdas?

—Jueves… —repite con duda.

Mi sonrisa sale forzada. Papá no tiene un buen día.

Abro la puerta del armario. Cuelgan varias camisas

y una chaqueta. Los cajones están ordenados como los dejé la última vez. Abajo están los zapatos que le regalé hechos a medida con más espacio a los lados para el problema de juanetes. Debajo de las camisas y encima de la caja de zapatos hay anclado un barco en miniatura.

—¿Es ese el barco que te regaló tío Paddy? Encontré esta cinta en tu caja de los recuerdos. ¿Sabes de quién es? —insisto.

—No es un barco —responde con tono seco y agarra el modelo—. Es un petrolero.

—¿Y lo necesitas para ir a desayunar? ¿Quieres que guarde la cinta en tu caja de los recuerdos? ¿Le puedo poner el nombre de la persona para que te acuerdes?

Golpea el suelo con el pie y se frota la cara.

Mi sonrisa forzada se relaja y parece más auténtica. Me acerco y le doy un abrazo. Papá pasaba largas temporadas ausente trabajando para una petrolera americana, y tío Paddy hacía las veces de papá. Cada año, tío Paddy nos llevaba a Katherine y a mí de campamento de verano de acción católica, aunque a Katherine todo eso de convivir, cantar y rezar no le gustaba. Una noche se escapó, y cuando papá se enteró le dio una bofetada que hasta a mí me dolió. Mamá se puso a llorar. Tío Paddy riñó a papá y consoló a mamá.

—Es un petrolero. Mira, este es el pescante, aquí está el timón y la hélice. Detrás de la hélice está la sala de máquinas…

—Pero, papá, no necesitas este barco para desayunar. Se te puede romper.

—Que no es un barco.

—Lo sé. Es un petrolero. Tío Paddy te regaló este modelo y te ayudó a construirlo. Es precioso. Solo que quizás es mejor que se quede en la habitación.

—La gente de aquí confunde un barco mercantil con un petrolero. Tienen que saber dónde trabajo. Trabajo en un petrolero. —Apunta con el dedo y continúa—: Aquí encima está la zona de traspaso de carga. ¿Ves? Y debajo, aquí, está el tanque.

—Está bien, papá. —Suspiro—. Tráetelo al comedor.

Papá sale por la puerta arrastrando los pies con un barco de juguete en las manos. Me froto los ojos. Estoy cansada. La enfermera negra del otro día está en el marco de la puerta observándonos.

—Buenos días. He venido a ver a mi padre —le explico antes de que pregunte.

—No se moleste. No estoy curioseando. He venido a recoger la ropa de cama sucia. —Hace una pausa, encoge sus gruesos labios y me mira como un niño a punto de que se le escape un secreto—: ¿Ya habrá visto la caja de zapatos?

—¿Qué pasa con la caja de zapatos?

Se acerca a mí y me dice:

—Esto lo tiene que saber usted. —Y me susurra—: A su padre le da por esconder cosas inservibles debajo del colchón de la cama como una urraca. Me pregunto qué hace un señor mayor guardando cosas inservibles debajo de la cama. Ni que fuera dinero. —Abre más los ojos esperando que yo asienta ante semejante afirmación—. Me cansé —continúa con tono teatral— y las cogí todas. Las iba a tirar. Pero claro, en este geriátrico tengo que pedir permiso hasta para ir al baño. —Suelta el carrito y junta las manos—. Total, que se lo dije a la enfermera jefe y el doctor vino y me dijo que no. Que no tirase nada. Que guardase los objetos. Que los objetos le ayudan a mantener la mente a flote. Son recuerdos. Como ese barco, bueno, pe-tro-le-ro —acentúa cada sílaba con retintín—. Así que los puse en una caja de zapatos en el armario.

—¿Ha visto esta cinta?

La coge sin permiso:

—Vaya reliquia. —Suelta un bufido y me la devuelve—. No. La gente ahora graba con móviles…

—¿Cómo se llama ese doctor?

—¿Cómo?

—El doctor que menciona en su historia —repito.

—Ah, el doctor Johnson. Fue el que me hizo la entrevista.

Tomo distancia y le digo:

—Por cierto, se llama Anthony.

—No, no. Se llama doctor Johnson.

Afianzo el bolso con fuerza y le repito:

—Mi padre se llama Anthony, no urraca.

Sus ojos se abren con dramatismo:

—Oh, no. No quise decir eso…

—¿Está por aquí el doctor? ¿Podría verlo?

La enfermera asiente.

—Sígame.

El doctor me dará la pista que estoy buscando.

25

Jueves, 12 de enero de 2006
Hora: 08.46

Paramos en una de las habitaciones de los residentes. Desde dentro flota una música con sabor a chocolate. Es la voz negra de una mujer vestida de *jazz* rescatada de un libro de Scott Fitzgerald.

—Quédese aquí, por favor. Voy a preguntar a la enfermera jefe —dice mientras aparca su carrito.

Mis ojos curiosean a través de la música que emana de la habitación. De espaldas a la puerta, una mujer alta y delgada hace la cama. La otra enfermera se acerca y le susurra en el oído. La enfermera jefa tampoco parece que sea la mujer del vídeo.

Sentada en una mecedora, la silueta de una anciana se balancea absorta en la música. Su pelo colmado de nieve cae y se columpia en sus frágiles hombros. Sus manos se sujetan la una a la otra posadas en su regazo. Nos miramos durante unos segundos. Mis mejillas se sonrojan, en cambio, entre sus arrugas, hay una sonrisa. Sus finos labios me preguntan con afecto:

—¿Quiere bailar?

—¿Perdón?

Las dos enfermeras se giran de improviso.

—¿Qué hace usted aquí? —pregunta la enfermera jefa con un acento eslavo.

—Lo siento. Quisiera ver al doctor Johnson.

—Eso me estaba diciendo mi compañera. ¿Qué hace usted aquí? —repite.

Su tez blanca encaja con la claridad natural que entra por la ventana y sus ojos azul pálido e inquisitivos me miran con desaprobación.

Doy un paso atrás torpe.

—Lo siento —repito.

Se acerca a mí y continúa con su acento eslavo:

—Soy Irenka Kramarski, enfermera encargada jefa. Hoy estamos faltos de personal: una baja por enfermedad y dos por maternidad. ¿Ha firmado en el registro?

La enfermera negra esconde una sonrisa. Retoma su carrito y continúa su camino.

—Sí. He firmado el registro miento.

La anciana balancea la mano en el aire y me dice:

—Nos vemos pronto. Muy pronto.

Los tendones de mis piernas se tensan y me muerdo el labio inferior. La enfermera jefa cierra la puerta y me acompaña por el pasillo.

—No se preocupe, que su padre está bien atendido. Si quiere, puede desayunar con él mientras mi compañera organiza su habitación en la próxima hora.

—Sí, sí. Me parece perfecto. Solo que quisiera ver al doctor Johnson.

—El doctor está en la sala de consultas. Al final del pasillo.

—Gracias.

—Pero tenga cuidado de no meterse en la habitación incorrecta. Como dicen en su idioma: la curiosidad mató al gato.

Bajo la mirada.

—Tocaré a la puerta antes de entrar.

Me adentro por el angosto pasillo y tuerzo a la izquierda. Alguien ha dejado un grifo abierto y sigue oliendo a productos de limpieza.

Llamo a la puerta con timidez.

—Adelante.

Paso despacio y me encuentro con un hombre de bata, de aspecto joven con ciertas pinceladas blancas en las sienes y gafas de montura invisible.

—Soy la hija del señor Hudson. Si tiene un minuto, me gustaría hablar con usted.

—Claro. —Levanta la mano en invitación para que me siente.

La silla de oficina es de cuero marrón oscuro idéntica a la silla del doctor y la habitación es color blanco clínico.

—Usted dirá.

—Doctor, me gustaría saber quién visita a mi padre.

El doctor hace un pequeño tic con sus cejas.

—¿No está usted satisfecha con la atención que le damos a su padre aquí en la residencia? Estamos haciendo un cambio en la plantilla…

—No, no es eso.

—Entonces ¿qué es?

Bajo la mirada buscando tiempo para inventar un pretexto. En la mesa hay una foto de familia. El doctor y su mujer en el campo con unas bicis y unas mochilas. Los dos están muy sonrientes. La mujer tiene rasgos asiáticos con una melena muy corta estilo cómic japonés.

—Señora Evans...

—¿Trabaja su mujer como doctora?

Si la cinta de vídeo salió de esta residencia, la mujer del vídeo no puede andar muy lejos. Pero ¿qué hago si la encuentro? ¿Le digo que tengo un vídeo suyo haciendo estriptis y que fue grabado sin su consentimiento? ¿Que mi padre lo robó de algún sitio y lo guardó en su colección de objetos personales?

El doctor coge el marco de la foto y los músculos de la cara se expanden con orgullo.

—No. Es profesora de secundaria —responde mientras ajusta el ángulo de la foto en su dirección.

—¡Oh! Como Oliver —se me escapa sin pensar—. ¿Y su mujer lo visita mucho?

El doctor me mira con desconcierto y yo me quiero comer mis palabras.

—Señora Evans, no entiendo la naturaleza de su visita, le agradecería si pudiera ser más específica.

Intento dar un rodeo a la conversación.

—No me malinterprete. Estoy satisfecha con la atención que recibe mi padre, pero creo que ha recibido visitas de alguien y quiero saber de quién.

El doctor deja que hable mientras pasa el dedo

índice por el marco de la foto. Examina mis palabras con interés. Cuando termino, se da unos segundos antes de responder. Levanta la mirada y la fija sobre la mía:

—¿Qué le hace pensar eso?

—La caja de los objetos que guarda mi padre.

—Su padre está en fase tres. Recomendé a la enfermera jefe que guardase los objetos en una caja. Es una forma de mantener la memoria de su padre a flote.

—Sí, la he visto. Me parece bien que guarde objetos. Cualquier cosa que le ayude a mantener su memoria a flote como usted dice, pero quiero saber quién lo visita.

El doctor mira su reloj y se ajusta el anillo de bodas.

—Según nuestro protocolo, nuestros residentes solo reciben visitas de sus parientes más directos. Y si se tratase de otra gente, primero lo consultamos con los familiares. En este caso, usted. —La voz del doctor se vuelve más distante, como si leyera un libro en voz alta y quisiera disfrazarlo de naturalidad—. ¿No le han informado del protocolo?

—Sí, sí. Estoy informada. Y supongo que hay un registro.

—Por supuesto. ¿Pone en duda la seguridad de nuestros residentes?

Su gesto es algo melodramático.

—Para nada. Perdone. No quería ser maleducada. —Levanto más el cuello—. Pensé que no sería un problema si el pariente directo tuviera acceso a las visitas del residente.

—¿Qué le hace suponer que su padre ha recibido visitas fuera de lo usual?

Aquí me ha pillado.

—No sé.

Juego con el bolso. Meto la mano dentro y palpo la cinta de vídeo.

¿Mi padre robó la cinta? ¿O quizás se la dieron? Pero ¿para qué?

—Simplemente me quedaré más tranquila si pudiera echar un vistazo.

—Si le enseño el registro, atentaría contra la privacidad de nuestros residentes. Solo se le permitiría a una autoridad competente. Usted me entiende. Una razón de peso como podría ser el caso de la policía.

—Entiendo. —Trago saliva y asiento con la cabeza varias veces.

Tierra, trágame.

Tocan a la puerta. El doctor ignora la llamada y clava la mirada en la mía.

—Señora Evans, ¿tiene usted una razón de peso?

Saco la mano del bolso.

—No —respondo con mi tono más rotundo.

—Entonces tiene que confiar en nuestra profesionalidad. ¡Adelante!

—Yo ya me voy.

Una enfermera entra y yo salgo por la puerta cabizbaja.

¿He sido valiente por atreverme a jugar a Sherlock Holmes? ¿O una cobarde por no contarle la verdad?

Es más fácil en las películas.

Tengo otra opción. Aunque es un poco más arriesgada.

26

Jueves, 12 de enero de 2006
Hora: 09.06

ENTRO en el comedor y busco a papá. Me servirá de pretexto para quedarme un poco más y probar otra opción para averiguar quién visitó a papá.

Me aparto de la puerta del comedor para dejar entrar a unos ancianos. Otros desayunan solos o con ayuda de las enfermeras. Tres mujeres hacen ganchillo y un hombre de pie al lado de la ventana está solo. Sostiene un reloj de bolsillo en la mano y sueña despierto. Quizás con personas a las que ya no ve.

Papá está discutiendo con el enfermero.

—No quiero esa bandeja —dice con tono malhumorado—, quiero aquella.

—Son la misma. Avena de trigo, fruta, tostadas, mantequilla sin sal… —responde el enfermero con voz aburrida.

—He dicho esa de ahí. —Y apunta a la bandeja de abajo del todo.

—Como quiera. Aquí tiene, señor Hudson.

Papá se sienta al fondo del comedor en una esquina al lado de la ventana. Coloca el barco con cuidado encima de la silla de al lado. La mano le tiembla.

Camino despacio hacia él.

Papá empezó olvidando pequeños detalles de la vida diaria: las llaves del coche, desorientarse al salir del supermercado o guardar el monedero dentro del frigorífico. Un día, mi vecina Margie lo encontró llorando delante de la puerta de mi casa cuando estaba de viaje con Tom. Papá se había perdido.

Después de muchas pruebas, los resultados eran claros: un deterioro cognitivo irreversible moderado; alzhéimer en fase dos.

Pongo la mano sobre su hombro.

—Papá, ¿quieres que traiga algo para beber?

—Té. Quiero té.

—Me parece bien. Yo también.

Me agarra del brazo y me estira hacia abajo para que lo escuche con más atención:

—Pero no les digas que es para mí —dice en un susurro.

Niego con la cabeza y le sigo el juego. La enfermera del carrito pasa por la puerta del comedor con aire descuidado. Aquí está la oportunidad que estaba esperando:

—Hola otra vez. —Le sonrío abiertamente—. El doctor Johnson me dijo que están reestructurando la plantilla. ¿Espero que haya menos estrés?

La enfermera manosea un trapo de cocina y me dice con tono fanfarrón:

—El estrés es el mismo. Entre usted y yo, esta residencia necesita más personal. No damos abasto. Y cada anciano es un mundo de necesidades…

—Tengo que pedirle disculpas. —Mantengo la sonrisa estirada—. Se me olvidó firmar la entrada en el registro.

La enfermera deja de mover el trapo de cocina y levanta la barbilla.

—¿No le dijo a la enfermera jefa que sí?

—Bueno —dudo—, con las prisas no supe qué decir y ahora me acordé cuando la vi.

—No se preocupe —su voz es aún más dramática—. Aquí a veces la gente entra y sale cuando le viene en gana. —Tira el trapo encima del carrito—. Venga y fírmelo.

—Descuide. Tiene trabajo que hacer. Dígame dónde está y lo firmo al salir.

La expresión de la enfermera cambia. Cruza los brazos y me mira de arriba abajo con los ojos entrecerrados. Sus gruesos labios forman un círculo y un bufido sale de su boca. Mantengo la sonrisa forzada y tenso la pierna derecha para que no se note que doy pequeños golpes en el suelo con el talón.

—Me cae bien —dice al final—. El nuevo registro está detrás del mostrador. En el primer cajón.

—¿Me da permiso para pasar dentro del mostrador?

Una carcajada incontrolable de treinta y dos dientes blancos me sobresalta.

—¿Yo? Sí, le doy permiso, le doy permiso. —Y continúa riendo sola.

Aterrizo en el mostrador. Miro a los lados. No hay nadie en el pasillo. Saco del cajón el registro y lo escondo dentro del abrigo. Trago, pero la garganta está seca. Camino directa al baño y echo el pestillo.

La residencia solo tiene quince residentes, a veces incluso menos si hay alguna defunción. Los médicos rotan semanalmente y nunca he visto a una mujer. El equipo de enfermeros es de cuatro hombres, dos de ellos en prácticas. El equipo de mujeres enfermeras es de seis, que yo recuerde. La nueva enfermera jefa, tres enfermeras ayudantes y dos bajas por maternidad. Una de las enfermeras ayudantes es la chica negra del carrito y dos mujeres ya algo más mayores. Dudo que por su edad y complexión estén dispuestas a hacer un estriptis. Solo quedan las dos bajas por maternidad. Una mujer de origen pakistaní y la otra de Guinea Ecuatorial. Su fisionomía no encaja con la mujer del vídeo. También hay un par de limpiadoras a tiempo parcial. Pero tampoco me cuadra ninguna de las dos.

Abro el registro, pongo el índice y busco el nombre de mi padre y las fechas de entrada. Aparece mi nombre, el de mi tío Paddy cada semana, el de Tom el mes pasado y Katherine hace tres meses. ¿De dónde demonios sacaría la cinta? ¿A quién se la robo? ¿O alguien se la dio? ¿Para qué? ¿Qué valor tiene una cinta de una mujer haciendo un estriptis en la caja de los recuerdos de un anciano con alzhéimer? Toco la firma de mi tío Paddy y le doy un beso. La mandíbula inferior me tiembla y trago otra vez.

Papá me está esperando con el té.

Cierro el registro, lo cubro con el abrigo y ando ligera hasta el mostrador. Lo dejo en su sitio con discreción.

—Pero ¿aún sigue aquí?

El cuello se me desencaja y se me escapa un pequeño gemido. No me atrevo a mirar. Es la voz descontenta de la enfermera jefe.

—Sí. Voy a desayunar con mi padre. Lo veo triste.

—¿Desde el mostrador?

Ignoro su pregunta y sigo caminando. Vuelvo a la mesa de papá con una tetera y dos tazas. Papá está hablando con otro hombre de aspecto hinchado que arrastra una botella de oxígeno.

—Esta es mi hija Megan —me presenta con orgullo.

—Encantada —digo mientras me siento.

—Una mujer muy guapa. Tiene usted un pelo muy bonito a juego con el color de sus mejillas —su voz es ronca y casi inaudible.

—Gracias.

—¿Tiene un cigarrillo?

—No, lo siento. No fumo.

—¿Solo una hija? —le pregunta a mi padre.

—Sí, solo una.

Katherine visitó a papá hace tres meses. ¿No se acuerda de su hija Katherine? El hombre se despide y continúa su camino. Sirvo el té y pregunto a papá:

—¿Por qué no querías la bandeja que te ofrecía el enfermero?

—No —dice rotundamente.

—¿Por qué?

—Me quieren envenenar.

—Papá, nadie te quiere envenenar.

—Sí, quieren envenenarme.

Respiro hondo. Papá tiene un mal día. El mío tampoco se presenta muy favorable. Se queda inmóvil y contempla el tazón con la avena y la cuchara con mirada perpleja.

—Papá, venga a comer.

Pero se niega. ¿Por qué está tan nervioso? Cuando me doy cuenta de su impotencia, la melancolía me envuelve y me siento muy sola al lado de papá.

Cojo otro tazón y otra cuchara para mí.

—¿Puedo comer contigo?

Papá asiente:

—Claro, hija.

Observa cómo uso la cuchara y me copia. Está más tranquilo. Pongo la cinta de vídeo encima de la mesa, pero no dice nada. Doy un sorbo de té mientras observo sus movimientos, pero él mira la cinta de reojo y sigue comiendo.

Termino mi té y dejo la taza despacio encima de la mesa. Probaré otro día. Me pongo el abrigo y meto la cinta en el bolso.

—Me voy ya, papá. Te veré en estos días.

Papá coge una servilleta, se limpia la boca sin prisa y dice mirando el plato:

—Creo que la cinta es de tu tío Paddy.

Lo miro como si no entendiera.

—¿Qué has dicho?

—¿Cuándo vuelve tío Paddy?

Aprieto el hombro de papá y lo muevo como si pudiera despertarlo de un sueño.

—Papá, ¿de quién es esta cinta de video? Papá, responde. —Y lo zarandeo sin pensar bien lo que hago.

Mi estómago se revuelve como si hubiera ingerido cianuro. Pero papá no responde. Está quieto como un muñeco de trapo sin vida y con la cabeza baja mirando su plato vacío. Papá no razona.

Suspiro hondo, me da vergüenza mirar a los lados y trato de recuperar la compostura.

Tengo que encontrar a la mujer del vídeo y creo que sé cómo.

27

Jueves, 12 de enero de 2006
Hora: 12.19

Entro en el garaje y meto las manos en la caja de herramientas de Tom. Tornillos, clavos, destornilladores, una llave inglesa, botes de pintura secos y un montón de telarañas. Me pica la nariz por el polvo. Aquí no está.

Bajo varias cajas de las estanterías. En una caja hay un mono de trabajo viejo y manchado de pintura, un bote de aguarrás y varias brochas de diferentes tamaños. En la otra caja, un hornillo de gas con otros utensilios de *camping*. Se me escapa un resoplido. Hace ya años que no vamos de campamento. Abro otra caja y encuentro una bolsa vieja del supermercado, con cuerdas y cables. Cojo la bolsa y, cuando salgo, me golpeo en la espinilla derecha con la puerta metálica. Aprieto los dientes para evitar soltar un quejido.

Cojeo hasta el salón, bajo las persianas y acerco la lámpara de pie al televisor. Muevo la visera para que la luz enfoque la parte trasera de la televisión. Vacío la bolsa, y varias docenas de cables y cuerdas se esparcen por el suelo como serpientes.

No me ha dado tiempo de quitarme el abrigo y la calefacción está encendida. Tiro el abrigo al suelo y me subo las mangas. Me pongo de rodillas y la espinilla derecha me duele por el golpe con la puerta metálica pero la curiosidad es más fuerte que el dolor, y tengo un objetivo que cumplir: encontrar a esa mujer.

Papá afirma que la cinta se la dio tío Paddy. ¿Y quién le dio la cinta a mi tío? ¿Por qué guardó la cinta en la caja de recuerdos de mi padre? Pero ¿y si papá está equivocado? Su mente es un amasijo de memorias incoherentes. No se acuerda ni de su propia hija Katherine. Quizás robó la cinta de algún sitio en la residencia y la mujer del vídeo es la pareja de uno de los enfermeros o médicos. Un juego erótico entre cónyuges. Uno de esos videos caseros que se graban y se olvidan en algún cajón y, por accidente, acabó en manos de papá.

Pero estoy casi segura de que la mujer no sabe que la están grabando, puesto que no mira al objetivo de la cámara en ningún momento, donde supuestamente está el marido detrás grabándola… Conclusión: esa grabación no se hizo de manera consentida.

Escarbo en la madeja de cables. Comparo las clavijas del televisor y la de la cámara. Sigo escarbando hasta que doy con el cable que busco. Bingo. Por una vez, estoy contenta de que Tom guarde trastos viejos. La pantalla de la televisión es suficientemente grande para tener una mejor imagen de la misteriosa mujer.

Acoplo la clavija al televisor y a la cámara. Suena el

teléfono de casa varias veces, pero no dejan mensaje. Ahora suena mi móvil, pero también lo ignoro. Me ha llegado un mensaje de voz. ¿Quién me estará buscando? Luego lo escucho.

No tengo tiempo que perder.

Me siento delante de la televisión sobre la alfombra con las piernas cruzadas en forma de flor de loto. Aprieto el *play* y una luz azul grisácea ilumina la pantalla. Paso toda la cinta desde el principio para que no se me escape nada.

Mi imagen se refleja en la pantalla y la luz distorsiona las facciones de mi cara y crea un espectro de mí misma. A mi mente llega el recuerdo de aquella niña de la película *Poltergeist, fenómenos extraños*, y repito en un susurro la frase: «Ya están aquí…».

Si es cierto que mi tío le dio la cinta a papá, suponiendo que la mujer le diera el vídeo a tío Paddy primero para que lo guardara, ¿por qué querría una mujer que se desnuda delante de un vídeo darle la cinta al sacristán del pueblo? Además, la mujer no sabe que la están grabando. Sería otra persona quien le entregara el vídeo a mi tío. Pero ¿quién? ¿Por qué? ¿Qué tenía que esconder?

Suena la música de Neil Diamond y una bandada de murciélagos empujan mi estómago para poder escapar. Mis ojos se clavan en la pantalla, y hasta el aire del salón se me antoja escaso. Aparece de nuevo la mujer al fondo como un fantasma en la penumbra. Son los mismos movimientos, la misma música, el mismo halo de misterio. La escena se agranda, los contornos se expanden y la presencia de la mujer es más clara. Mis dedos recorren el cristal de la pantalla, tocan la imagen de la mujer y se confunden con la imagen. Mi mundo se detiene.

Te voy a encontrar.

Primero pensé que la luz de la penumbra jugaba con el destello del pelo. No, no es así. El pelo cae lacio y tapa gran parte de la cara. Pero hay algo curioso. Una mecha de color blanco se dibuja en el lateral derecho de la negra melena.

No me sirve de mucho.

Paro la imagen y analizo la ropa, me acerco tanto a la pantalla que la luz me hace daño. Cierro los ojos y los abro otra vez. Tomo distancia y aprieto el *play* y al botón de pausa varias veces intentando enlentecer la imagen. Una falda negra, una blusa negra de pico con una camisa blanca a juego con unos calcetines blancos hasta las rodillas.

Un golpe de gracia sacude mi mente y una pequeña bombilla se enciende. Aquí he encontrado algo. La mujer lleva un uniforme de trabajo o algo así. De camarera quizás. O de criada. Me froto los ojos y digo en alto: una fantasía erótica.

La música disminuye y desaparece. La camisa de la mujer cae al suelo y su cuerpo desnudo queda inmóvil en un fondo oscuro. Se me han dormido las piernas, y al incorporarme siento vértigo al principio, pero la imagen se vuelve más nítida desde la distancia. Parpadeo varias veces y tengo mejor visión. Ahí está la misteriosa mujer.

O eso es lo que creo.

Mi corazón salta al estómago y se une a la bandada de murciélagos. Me tapo la boca horrorizada y congelo la imagen. Pero ¿qué estoy viendo? No puede ser. Es imposible. Mis propios ojos me están engañando. El cansancio me está jugando una mala pasada. Mantengo la posición rígida y aprieto otra vez el botón *play*. Cruzo los brazos y con la mano derecha oprimo el mando a distancia con fuerza sobre mi brazo como si lo pellizcara para despertar de un mal sueño.

El vídeo continúa.

Quería saber quién era la misteriosa mujer y ahora lo sé. Está delante de mí. Tengo la respuesta a mi pregunta, pero no es la respuesta que estaba buscando.

La misteriosa mujer apenas tiene pechos ni caderas. Apenas hay nada. Es muy joven. Demasiado joven. Se acerca a la persona detrás de la cámara y luego desaparece. Se oyen unos golpes y los gemidos de ella. Unos gemidos obscenos.

Un fuerte escalofrío sacude mi cuerpo. Mis piernas son una torre de juguete construida de pequeños bloques de madera cruzados entre sí a punto de desmoronarse. Caigo de rodillas. La cinta llega a su final y me desplomo en la alfombra. Aprieto fuerte los ojos y la boca e intento tragar mi propio vómito.

Es una niña.

Una niña de unos once o doce años.

28

Jueves, 12 de enero de 2006
Hora: 16.11

¿Por qué querría esa persona que tío Paddy guardara la cinta de vídeo? Quizás sería una persona cercana a tío Paddy. Alguien que tuviera absoluta confianza en mi tío y que no levantase sospechas. ¿Y por qué tío Paddy la guardó en la caja de recuerdos de papá? ¿Sería este un lugar seguro? ¿Por qué no contactar con la policía?

No puede ser…

Mi tío hubiera contactado con la policía. Adoraba a los niños. Hubiera movido cielo y tierra para salvar a esa pobre criatura.

Hay algo que no encaja. Respiro hondo y reestructuro mis ideas desde el principio: ¿cómo sé realmente que tío Paddy le dio la cinta a papá? La única prueba es la mente confusa de mi padre.

Mejor llamar a la policía. Le daré la cinta al oficial

Jones, aunque se me agría el estómago solo de pensar en hablar con ese policía otra vez. ¿Y el funeral de tío Paddy? La policía empezaría a hacer preguntas a papá y a mí, y la gente del pueblo se enteraría. Solo quedan tres días para el entierro y esa cinta puede tener años. Mancharía la memoria de tío Paddy en una investigación policial de una vieja cinta de vídeo.

¿Debería esperar?

No debería…

¿De dónde robó papá esta maldita cinta? ¿O quién la guardo en la caja de recuerdos? Tiene que ser alguien cercano a papá que sabe que mi padre no se acuerda ni del año en el que vive. Cuando hablé con él esta mañana, me dijo que querían envenenarlo. ¿Por qué envenenarlo?

Absurdo.

Un segundo escalofrío provoca una tiritera en mi cuerpo. Me abrazo a mí misma para controlar los temblores. Quizás no sea tan absurdo después de ver la cinta. Me arrastro hasta el sofá y me dejo caer. No estoy preparada para perder a papá también.

El sonido del móvil me devuelve a la realidad. Esta vez da dos tonos, pero no dejan mensaje de voz.

Saco la cinta con cuidado y con asco. ¿Cómo se puede someter a una criatura tan joven a semejante acto depravado? Tengo en la mano la prueba material de un acto criminal. Es una cinta vieja. La niña habrá cambiado. ¿O no? Que la cinta sea vieja, no significa que la grabación lo sea.

Coloco la cinta en la cámara de video y rebobino.

¿Dónde estará esa niña ahora? ¿Será de la zona? ¿La conoceré? Respiro hondo y repito varias veces: un uniforme escolar. La niña lleva un uniforme escolar. Esa niña está vestida con un uniforme escolar bailando y haciendo un estriptis a un pervertido. Un ser repulsivo, despreciable y repugnante. ¿Y qué hago yo aquí jugando a detectives viendo este vídeo una y otra vez en plan masoca?

Vergüenza.

¿Seguirá viva? Un reflujo de bilis me quema la garganta.

Congelo la imagen de la niña enfrente de mí. Parece una foto color sepia. Quieta e inocente, me mira serena, como si pudiera hablarme y decirme quién es. Solo hay impotencia en mí. Cierro los ojos, los aprieto y doy un largo suspiro. Saco el móvil del bolsillo. Tengo tres llamadas perdidas de un número que no conozco. Llamo de vuelta y una voz de mujer responde:

—¿Señora Evans?

—¿Sí? —respondo con duda.

—¿Está usted en casa?

—No. Bueno, sí. Salgo pronto. ¿Con quién hablo? —tartamudeo.

—Mi nombre es Miranda Smith, y pertenezco al Departamento de Homicidios del distrito de Sussex. ¿Tiene unos minutos?

El corazón me palpita fuerte en el pecho. Apago la luz de la lámpara y miro afuera en la calle, pero no hay nadie. Vuelvo a sentarme en el sofá y aprieto por accidente el botón *play*. La niña empieza a bailar al son de la música. Un sudor frío recorre mi espalda.

—¿Señora Evans?

—Un momento. —Tengo la garganta seca y mi voz se corta y se me escapa una tos antes de terminar la frase. Intento tragar saliva, pero no tengo. Palpo con las manos el asiento del sofá buscando el maldito mando de la televisión. Se me cae el móvil al suelo. Aprieto el botón de pausa y agarro el móvil otra vez.

—¿Señora Evans? ¿Está usted ahí?

—Sí, soy yo.

—Soy del Departamento de Homicidios del distrito de West Sussex —repite—. Usted ha contactado varias veces con mi compañero, el oficial Jones, en referencia a la muerte de su tío Patrick Brady. Me gustaría concertar una cita con usted mañana por la mañana y así aclarar un poco más la situación.

¿La situación? ¿Qué situación?

—Bueno, es que estoy muy ocupada con el entierro y todo eso…

Mi voz se va apagando, y la imagen congelada de la niña me atrae como las sirenas a Ulises. Hay un silencio largo y tenso entre nosotras. Debería colgar, pero la voz de la mujer vibra en mi oído:

—Perdone, quizás no entendí bien el mensaje del oficial Jones. Si no lo cree necesario, no hace falta que nos veamos. De todas maneras, me gustaría hacerle algunas preguntas si tiene cinco minutos.

—Claro, claro.

—Primero me gustaría darle mi pésame por la pérdida de su tío.

—Gracias.

—El oficial Jones me comunicó que usted lo llamó

preocupada por la desaparición de su tío. ¿Podría explicarme la naturaleza de su preocupación?

Me aclaro la voz.

—Bueno, mi tío salió en mitad de la noche y se metió en su coche. Me parece extraño. Mi tío no conduce de noche.

La imagen de la niña no me deja concentrarme en la conversación.

—Entiendo. Según el informe médico, la muerte de su tío se dio entre las cinco y la siete de la tarde. En esta época del año el sol se pone a partir de las cuatro, y hasta casi las cinco hay luz natural. ¿Es posible que su tío cogiera el coche antes de esa hora?

—Sí. Es posible.

Se produce una pausa al otro lado de la línea.

—El oficial Jones me dijo que usted estaba bastante nerviosa y preocupada.

—Bueno yo…

—¿Por qué piensa que su tío no saldría con el coche?

Dudo por momentos, pero le cuento mis sospechas.

—Cuando llegué a casa de mi tío estaba todo hecho un desastre.

—¿Un desastre? —repite—. Explíquese, por favor.

—Platos de la cena, una sartén sucia…

—¿Y eso es raro para usted?

—… Y el inhalador —añado.

—Entiendo… ¿Puedo ser directa con usted?

—Sí, por favor.

—Hemos seguido el protocolo a pies juntillas. Si

tuviéramos la menor duda de que se hubiera cometido un acto criminal, y aquí le tengo que ser franca, supongamos que su tío fue asaltado y asesinado, obviamente el caso pasaría a mi departamento y abriríamos una investigación. ¿Entiende lo que le digo?

—Sí —respondo con voz tenue.

—Le repito si entiende mis palabras.

—Sí, claro —intento levantar la voz para que parezca más convincente.

—Déjeme que le pregunte qué sospechas tiene usted de que su tío fue asesinado.

—Yo… —Aprieto los labios en un intento de morder las palabras.

—Señora Evans, se lo vuelvo a preguntar: ¿qué sospechas tiene usted de que su tío fue asesinado? —su tono es autoritario.

—No sé…

—¿No sabe?

La figura de la niña es una estatua de sal mirando a Sodoma. En mi delirio parece que tenga una conversación con la misteriosa niña. Que me habla. Me pide que la ayude. Sería tan fácil contarlo. Mi tío tenía que huir de algo y este vídeo puede ser la clave de ese misterio. La policía tiene que saberlo. Yo no puedo hacer más por mi tío.

—¿Podría confesarle algo?

Si mi angustia fuera hielo, estaría muerta por hipotermia.

—Adelante, la escucho —me alienta y me da una extraña seguridad.

Trago saliva y dirijo la mirada a la niña que tengo enfrente. Le cuento mis secretos:

—La verdad es que estoy en un periodo difícil de mi vida. No es momento de entrar en detalles, pero ha sido un año duro en lo personal. Últimamente siento que no me conozco a mí misma. Me siento rara —mis palabras salen de mi boca como el agua que se escapa del dique roto de una presa.

—Entiendo.

—¿Me entiende?

—De mujer a mujer. La entiendo perfectamente.

El calor de su voz me acompaña y continúo:

—A veces pienso o incluso actúo de una forma que no es la propia. Me sorprendo y, de repente, me veo envuelta en una situación absurda como en la tienda de fotografía… Bueno. Eso me avergüenza. Tengo un fuerte resentimiento contra todo y contra todos. —Se me hace un nudo en la garganta—. Y hay una niña. Una niña que no conozco. —Paro por momentos—. ¿Sigue usted ahí?

—La escucho. Siga, por favor —su voz es tan cercana que parece que me arrope como una madre y me inspira tranquilidad.

Continúo:

—Y bueno. La presencia de esa niña está aquí conmigo, pero no quiero que mi tío Paddy sufra. Quiero que sea recordado por sus buenos actos. —Me limpio la nariz con la manga—. Así que tengo que hacer lo correcto…

—Y está haciendo lo correcto al contármelo.

Un dulce silencio se mezcla con una sensación de

melancolía y pienso en Tom. Quiero que esté aquí conmigo. Que me abrace y que me susurre al oído que todo volverá a ser como antes.

—¿Tuvo un aborto espontáneo? ¿Verdad? Lo sé y comparto su dolor —la voz de la mujer me despierta de mi anhelo y la ansiedad vuelve a ponerse a sus anchas.

Soy una estúpida por creer que una desconocida puede entender de mis tristezas. Mi tío sale en estampida la noche del domingo y coge el coche, con tan mala fortuna que se olvida uno de sus inhaladores y muere. ¿Y qué hace la policía? Tomarme por loca y compadecerse de mí. Al día siguiente me encuentro mi reloj roto delante de la puerta y ahora tengo una cinta con una menor haciendo un estriptis a una cámara oculta.

A través de mis lágrimas veo la imagen de la niña desde otro prisma, un cristal más claro, más nítido. Inclino la cabeza hacia la pantalla y entrecierro los ojos. Una oleada de adrenalina recorre mi cuerpo y siento un ligero hormigueo en las manos. Acabo de encontrar algo. Ahí estaba delante de mí todo el tiempo y yo sin darme cuenta.

—Señora Smith…

—Miranda —me corrige.

—Estoy exhausta.

—No se preocupe. No la molestaré más. Y como le digo, si tiene alguna sospecha…

—Le repito que no tengo ninguna. Mi tío era una buena persona.

—No me cabe duda. ¿Si puedo serle de alguna otra ayuda?

Tenso la espalda y respondo con voz fingida:

—Ha sido de gran ayuda su llamada. Gracias por escucharme.

Cuelgo y acerco el móvil a la pantalla. Me tiemblan los dedos. Sé dónde encontrar a esta niña. Hago un par de fotos a la blusa negra con el emblema de su escuela.

29

Jueves, 12 de enero de 2006
Hora: 20.16

Es tarde y mis ojos son ascuas. No mentí a la policía cuando le dije que estaba cansada. Muy cansada. Cuando pase la misa, devolveré la cinta a la residencia, que sean ellos los que se ocupen de contactar con la policía. Si me preguntan, yo no tengo por qué saber nada. Simplemente encontré la cinta en la caja de papá y avisé a la residencia. Me preparo un café doble y entro en la oficina de Tom. Voy a encontrar a esa niña.

Enciendo su ordenador. La pantalla se ilumina y me ofrece dos opciones: entrar en mi página o entrar en la página de Tom. Doy un sorbo al café y hago clic en la página de Tom, pero me pide la contraseña. Pruebo con su fecha de nacimiento: junio de 1967. Demasiado obvio. Nada. Tecleo el lugar donde nos conocimos, Valencia. Tampoco me da acceso. Pruebo entonces con la fecha de mi nacimiento, septiembre de 1969, y el ordenador me avisa de que este es mi último intento, así que desisto. ¿Hay algo más que Tom me esté ocultando?

Accedo a mi cuenta de Google y abro el archivo con la foto que he tomado del emblema de la escuela, un escudo medieval. La imagen es borrosa. La amplío y es más fácil ver la forma del escudo, aunque los colores y los pequeños detalles quedan muy difuminados. Enciendo la impresora e imprimo la imagen en color en tamaño A4. La resolución del dibujo es bastante mala. La impresión es una amalgama difuminada de tinta color rosa y rojo. No me sirve. Doy un largo sorbo al café. No tiene leche, ni tampoco azúcar y su sabor es amargo. Cambio la configuración de la impresión a blanco y negro y ajusto la calidad de la imagen a foto. Los detalles son ahora más claros.

Busco en el bote de cerámica un rotulador negro y perfilo las líneas y los contornos. El emblema de la escuela es un escudo heráldico en forma de triángulo invertido. Sobre el fondo hay un león erguido alzando sus garras en defensa. A ambos lados del león, cuatro rosas caen en posición vertical. El escudo está atravesado por una banda en diagonal de derecha a izquierda que atrapa al león, y en la punta inferior del triángulo invertido está escrito el año 1964. Cojo una chincheta y cuelgo el dibujo en el panel de corcho. Me duele la cabeza. Estoy tan cansada que no sé si el dibujo lo saqué de una foto o lo dibujé de mi propia imaginación.

Me doy unos segundos, pero no veo nada claro. Arranco la hoja del panel y bajo las escaleras hasta el salón. Ahí sigue la televisión encendida en medio de un montón de cables. Recojo los cables, apago la televisión y guardo la cámara de vídeo dentro de una bolsa en el revistero al lado del sofá. Pongo un par de revistas encima tapando la prueba del delito.

Me siento en el sofá y enciendo mi portátil. Entro en la página del Ayuntamiento de West Sussex y pincho la sección de educación y niños. Esta categoría está dividida en escuelas de primaria e institutos de secundaria. Accedo al listado de institutos de secundaria de la región, un total de cuarenta institutos de secundaria públicos y quince institutos privados. Doy otro trago al café y aprieto los ojos. Son demasiados institutos. No era tan simple como yo pensaba.

Echo un vistazo a un par de institutos al azar. Leo por encima la información y la ubicación, y estudio las fotos de los alumnos. Busco un parecido con el uniforme de la niña del vídeo. Hago clic en más institutos. No todos los institutos tienen un escudo. Algunos institutos de secundaria más modernos usan una figura geométrica superpuesta con el nombre de la escuela o reinventan las letras de forma más llamativa creando la marca de un producto comercial. Otras pocas escuelas católicas dan forma a la cruz u otro símbolo religioso de mil formas diferentes. Las escuelas más antiguas suelen tener un escudo o algo relacionado con la zona o el pueblo. Pongo el dibujo con el emblema de la escuela al lado del portátil encima de un cojín. Un escudo en forma de triángulo invertido con un león en pie de guerra. El instituto que busco es protestante y antiguo.

Termino mi café. Sincronizo el tiempo de búsqueda de los cinco primeros institutos. Tardo veintiocho minutos. Una media de unos seis minutos por instituto. Tengo un listado con cincuenta y cinco institutos públicos y privados. Esto hace un total de trescientos treinta minutos o cinco horas y media de búsqueda. Todo esto contando con que mi cuerpo no colapse y caiga al suelo de cansancio en algún momento.

Son las diez de la noche. ¿Y si el instituto pertenece a otra región fuera de West Sussex o incluso podría estar cerrado? ¿O le hubieran cambiado el nombre y todos mis esfuerzos hubieran sido en vano? Me muerdo el labio y el dolor se mezcla con el sabor amargo del café. He sido una cobarde por no dar la cara e informar de la cinta a la policía. Aún no sé bien por qué no lo he hecho. ¿Miedo? ¿Vergüenza? ¿Curiosidad?

Voy a limitar la búsqueda a un radio de diez millas. Pruebo con la página oficial de Ofsted, el organismo responsable de la supervisión del sistema educativo británico. Tecleo mi código postal y hago una búsqueda de un radio de diez millas a la redonda. El listado se reduce a veintiún institutos públicos y catorce privados. Eso me llevaría algo más de tres horas. Tengo que intentarlo.

Son casi las doce de la noche. He revisado más de la mitad de los institutos y sigo buscando como un zombi busca su presa. Me siento desorientada. ¿Qué hago si encuentro el instituto? ¿Seguiría allí la niña? ¿Qué le diría? ¿Qué alguien la estuvo grabando a escondidas? Hago una mueca de frustración. Me paso las manos por el pelo, froto la cabeza con los dedos y termino en las sienes. Cierro los ojos en un intento fallido de lubricarlos. ¿Y si la niña ya no es una niña? Incluso peor. ¿Y si no estuviera viva? El pecho se me oprime. Tendría que haber dejado este trabajo a la Policía antes de jugar al gato y al ratón. No quiero manchar la memoria de tío Paddy. No hasta que pase su entierro.

Sigo tecleando en el limbo hasta que al final canto bingo y un flujo de cafeína y adrenalina insuflan esperanza a mi corazón, que late con más fuerza. Ahí está el instituto. El marco del escudo está ribeteado de rojo y el fondo cubierto de color azul marino. Sobre el fondo está el león color oro y los pétalos de rosas son rojos y blancos. La banda que atraviesa el escudo es roja también y abajo está el año 1964: el instituto Park Academy de chicas.

Mis dedos se mueven con impaciencia mientras entro en las diferentes secciones. Es un instituto solo para niñas con unas ochocientas alumnas. Paso las fotos de actividades escolares: viajes, experimentos de ciencias, eventos, competiciones deportivas y una actuación anual de teatro. ¿Por qué una de esas niñas había participado en ese acto obsceno? No consigo enfocar bien la imagen de la pantalla del ordenador. El cansancio está ganando la batalla. Un millón de luciérnagas vuelan alrededor de mi cabeza y las pulsaciones de mi corazón son más distantes y débiles. Cierro los ojos y no me acuerdo de más.

30

Viernes, 13 de enero de 2006
Hora: 07.30

Despierto en el sofá con el brazo derecho extendido y casi tocando el suelo. Sujeto con el pulgar la taza de café vacía. El portátil reposa encima de mi estómago y al incorporarme me da un dolor de tortícolis. Tengo la boca seca como la suela de un zapato y al levantar la vista, la cámara de vídeo sigue en el revistero. ¿Dónde estará esa niña ahora?

El portátil no tiene batería. Lo enchufo y entro en la página del instituto. Dudo. Abro y cierro los puños mientras miro el emblema del instituto con fascinación. Me olvido de parpadear y los ojos se ponen acuosos. ¿Irá la niña al instituto hoy? Calculo la distancia de casa al instituto. Son cinco millas y setecientas yardas de distancia, un total de casi once millas y media ida y vuelta. Me lavo la cara con agua fría y me pongo la ropa para correr. Si me doy prisa llegaré al instituto a la hora que lo abran.

Empieza la carrera.

Amarro mi vida como amarro fuerte el timón de una embarcación que va a la deriva en una tormenta en la noche. ¿No debería contactar con la funeraria y con el padre Jonathan y ultimar los preparativos para la misa del domingo? ¿O quizás terminar la carta de adiós a tío Paddy? De todas maneras, no puedo dejar mi entrenamiento. Tengo que seguir corriendo para el maratón de Steyning. Y ahora mismo, dentro de mí, bulle un deseo más fuerte: que la memoria de mi tío se mantenga intacta y la verdad salga a flote.

Llego a la calle principal y aumento el ritmo.

Solo he participado en un maratón una vez en mi vida hace diez años y fue un desastre. Me preparé a conciencia durante cinco meses y en los últimos dos meses aumenté la cantidad de millas y reduje el tiempo de carrera. Todo fue bien como lo había planeado. Pero en las últimas tres millas mis piernas empezaron a temblar. Paré y me apliqué una crema de eucalipto antiinflamatoria e hice unos estiramientos rápidos, pero los músculos no funcionaban. Había cronómetros digitales señalando el tiempo y, corredor tras corredor, todos iban adelantándome. Eso me frustró.

Me costaba correr, así que decidí andar y a ratos trotar intentando volver al ritmo de carrera. Los músculos me dolían y el cuerpo me obligaba a desistir. En los últimos trescientos metros, simplemente anduve. Tenía frío. Tom y mamá estaban allí detrás de la verja. Gritaban mi nombre y me hacían señales para que saliera, pero yo los ignoraba. Tom sabía que, si no levantaba la mano o me caía al suelo, él no debía intervenir. Me lo prometió y lo cumplió. Este era un reto que quería completar costase lo que costase, y no tenía la intención de dejar la carrera, aunque hubiera tenido que llegar a rastras.

La razón de mi derrota era clara: falta de entrenamiento. No estaba preparada para un maratón. La cantidad de ejercicio que había hecho durante esos meses no fue la suficiente. Tenía que haber trabajado más duro para ese día. Veintiséis millas son muchas millas si no se ha llevado un plan rígido de entrenamiento.

Si volviera otra vez al pasado, cambiaría ciertas cosas. Es un pensamiento absurdo de arrepentimiento y rencor conmigo misma. La vida es como una carretera con curvas. A veces adelantas, en otras ocasiones te adelantan.

Cuando llegué a la meta, Tom me llevó en brazos a la enfermería ambulante. Me tumbaron, me dieron una bebida isotónica y me hicieron un masaje para relajar los músculos. Era primavera, pero el frío que sentía era muy intenso. Fue el último año de mamá en vida y lo recuerdo como un año agridulce. Tom me pidió que nos mudáramos a vivir juntos. Lo miré con una sonrisa incrédula y no respondí. Una hora más tarde me cogió en brazos hasta el coche y me llevó a su casa.

El instituto abre en veinte minutos. Consulto la distancia en mi móvil. Me faltan algo más de dos millas para llegar. Acelero el paso cuando oigo la bocina de un coche que frena bruscamente en mitad de la carretera.

Me quedo inmóvil. Solo ha sido un susto tonto. Tengo que estar más atenta. Levanto la mano para pedir disculpas y continúo corriendo. Tengo que llegar al instituto antes de que lo abran.

Hace cinco días, mi tío aparece muerto en su coche y hace tan solo dos días encuentro, por casualidad, un vídeo que resulta ser de una menor haciendo un estriptis y esos gemidos de fondo. Mi padre me dice en su locura que el vídeo es de tío Paddy. En un pueblo pequeño, las desgracias no tienen por qué serlo.

Alzo la vista. El instituto es un bloque de edificios de cemento gris y rojo Dakota que han visto tiempos mejores. Saco el papel con el escudo que imprimí ayer para asegurarme. Es un instituto de barrio que contrasta con su emblema, un escudo heráldico.

Decenas de niñas desfilan hacia la verja como un reguero de hormigas. Algunas en grupos, otras solas. Se empujan y ríen y se mofan entre ellas. Veo madres llevando a las niñas hasta la verja e hileras de coches aparecen de la nada. Me aparto un poco de la carretera. Hay muchos coches aparcados fuera. Visten el mismo uniforme que la niña del vídeo. Un golpe de adrenalina recorre mi cuerpo. Tengo que estar cerca de ella.

Me sitúo al lado de la verja, cruzo los brazos y me concentro en ver pasar a las estudiantes. Busco un pelo oscuro, largo y lacio con una mecha clara. Una madre se acerca y me da los buenos días. Sigo concentrada mirando a las niñas. A los pocos minutos la mujer se adelanta y levanta la mano para hacer señas a su hija. Me quedo sola.

He sudado mucho y empiezo a tener frío. Quince

minutos más tarde el tumulto desaparece y el conserje cierra la verja. Me mira. Me doy la vuelta desilusionada. Llego a la esquina y me quedo unos minutos más. ¿Quizás la niña llegue tarde? ¿O a lo mejor hoy está enferma? ¿O muerta? Mi cuerpo se encoge por el sudor, el frío y el miedo.

Mejor volver a casa. Empiezo a correr sin ganas. ¿Guardó tío Paddy la cinta en la caja de recuerdos de papá porque tenía miedo? ¿Hay más niñas? ¿Fue el miedo la causa de que saliera precipitadamente la noche del domingo? ¿De quién huía tío Paddy? Tropiezo tontamente y al caerme me rasguño una mano y el móvil cae al suelo. No hay nadie alrededor. Mi mano izquierda sangra ligeramente y me escuece. Soy una tonta. Busco el móvil y lo vuelvo a agarrar. Está intacto. En la pantalla hay una llamada perdida de Katherine y un mensaje:

«Estoy en Findon en un par de horas».

Me incorporo y sigo corriendo. Llego a casa con la mano izquierda entumecida y una herida superficial. Me preparo para ver a Katherine.

31

Viernes, 13 de enero de 2006
Hora: 11.07

ENTRO en la cafetería y encuentro a Katherine sentada de espaldas en una esquina al lado de la ventana. Estamos solas. Katherine toma notas en una libreta sin desviar la vista de la pantalla de su portátil como por arte de escritura automática, sumida en algún proyecto de trabajo. Con la otra mano juega nerviosa con unas gafas oscuras estilo *vintage*. Algo pretencioso para esta época del año. Levanto un poco más la espalda y me acerco despacio hasta su mesa. Al lado de la libreta reposan dos móviles colocados simétricamente uno al lado del otro. Un BlackBerry y un Nokia.

—Hola —le digo.

Se levanta, mira su Cartier y aprieta las manos sobre mis brazos al tiempo que hace amago de lanzar un pequeño beso que apenas toca mi mejilla.

—Llegas tarde.

—Ya me lo han dicho otra vez esta semana.

Katherine no responde. Me siento despacio como si me dieran permiso y dejo caer las manos sobre mi regazo.

—Pasé por la funeraria, contacté con el Ayuntamiento y ahora estoy rellenando papeleo... —dice Katherine sin levantar la vista de su libreta.

—¿Viste a tío Paddy?

—Sí. Quise verlo. Hacía años que no lo había visto.

¿Hay sarcasmo en su voz?

—¿Por qué no has venido a casa? —Pongo la mano sobre la suya. Sus uñas están manchadas de pintura de óleo y un olor casi imperceptible a aguarrás se mezcla con un perfume caro. Pintar le relaja. Es lo único imperfecto en una vida hecha a medida.

—Megan, vengo con el tiempo justo.

Sus cejas, finas y perfiladas, se arquean sobre unos ojos azul hielo, y su voz se tiñe con una pizca de irritación que solo yo percibo. En mi casa se siente extrañamente vulnerable como si estuviera en terreno enemigo.

—Aquí es más neutral —le digo.

—¿Cómo que más neutral? —Despega mi mano de la suya y llama la atención a la camarera—. ¿Qué quieres? ¿Un café o un té?

—He tomado mucho café.

—Un té entonces —le confirma a la camarera de trenzas rubias y cara risueña cuando se acerca.

—No. Algo frío. —Me giro hacia la camarera—. Un agua con gas, por favor.

—Tú misma. —Katherine da un suspiro corto y

vuelve a arquear las cejas como si hubiera dicho un disparate.

La camarera asiente y se va.

—¿Cómo estás? —me pregunta.

El móvil Nokia suena. Mi boca se entreabre; no digo nada. Katherine frunce el ceño, se acerca más a la pantalla y arruga aún más la frente.

—Katherine Hudson al habla.

Se levanta y me dice entre dientes: «Trabajo»; y sale a la calle. Su larga y abundante melena negra salta y se mueve al son de unos pasos decididos.

Sobre la mesa aún sigue su móvil de trabajo, el BlackBerry. ¿Con quién estará hablando mi hermana? Si me hubiera llamado, podríamos haber ido juntas a ver a tío Paddy. Cruzo los brazos, echo la cabeza hacia atrás y me quedo mirando la pantalla del portátil. El protector de pantalla es un fondo negro con unas mariposas sacadas de una sesión con Sigmund Freud que se mecen cambiando de forma y de color.

—Aquí tiene su agua con gas.

La camarera pone un posavasos, el botellín y una copa con hielo con una rodaja de limón.

La imagen de Katherine se refleja sobre el cristal de la cafetería. Intento leer sus labios en vano, solo gestos de afirmación. Paso la mano por la frente. Tengo calor y me quito la rebeca. Doy un sorbo al agua y vuelvo a mirar la pantalla de mariposas voladoras. Me inclino y me acerco poco a poco. Su atracción es casi hipnótica. Mi corazón acelera su pulso al tiempo que deslizo el dedo índice sobre el cursor y, por arte de magia, la pantalla se ilumina como una revelación. Mi respiración se corta y mis ojos se abren: es la página del crematorio de Findon.

—Vaya —la voz de Katherine me pilla desprevenida y trago aire de súbito—. Tu curiosidad se ha aguzado con los años.

Está de pie detrás de mí. No digo nada. Su rostro no muestra sorpresa. Se sienta sin despegar la mirada de mí y cierra despacio la pantalla del portátil.

—Megan, no puedo quedarme más de veinte minutos antes de coger el tren de vuelta a Londres. Tengo reunión de directivos.

Mis ojos bailan de su cara al BlackBerry encima de la mesa mientras me paso una mano por el pelo y asiento con resignación. Tengo calor.

—Entiendo. —Meto la mano en mi bolso y saco el marco con la foto de mamá, Katherine, tío Paddy y yo en el campamento de verano—. Mira lo que he encontrado en casa de tío Paddy. Échale un vistazo —la animo.

—¿Qué es esto?

Sus manos se acercan al marco, pero paran su camino antes de cogerlo.

—Éramos tan jóvenes y tú estás tan linda. Tío Paddy te llamaba Katy. ¿Te acuerdas?

Mis palabras abandonan mi boca tambaleándose como fichas de dominó a punto de caer en fila. Katherine juega con sus dedos. Intenta en vano quitarse los restos del óleo que tiene entre las uñas. No dice nada. Quiero creer que el hielo de sus ojos empieza a derretirse. Necesito traer a Katherine a mi terreno.

—Eres clavada a mamá cuando era joven —dice

Katherine—. Fue un verano muy caluroso y húmedo. Tan húmedo que mis acuarelas no secaban bien.

—¿Te acuerdas del grupo de chicas en el lago?

—Me acuerdo de más cosas que tú. —Katherine sigue concentrada en el óleo pegado entre las uñas.

—¿Y de Juliette?, la chica francesa que se quedó ese verano con nosotras. Se fue antes de que terminase la ruta. Las otras amigas me dijeron que se inventó una enfermedad y su madre vino de Francia para recogerla. Todo lo que tenía de guapa lo tenía de floja. El pobre tío Paddy se sintió decepcionado por la poca gratitud de la chica.

—Megan, necesito el certificado de defunción firmado por el médico forense.

—¿Qué hiciste con las pinturas?

—Megan, no escuchas.

—Eran unas pinturas tan bonitas.

—Megan, tienes las mejillas rojas. ¿Estás bien?

—¿No te acuerdas? —insisto.

—Sí que me acuerdo. Tengo mejor memoria que tú.

—¿Y?

Katherine aprieta fuerte los labios y sus ojos reprimen dolor. Acerca el dedo índice a la boca y lame una gota de sangre de un padrastro que acaba de rasgar.

—Las quemé —responde.

—¿Quemaste las pinturas?

Katherine coge una servilleta y seca la pequeña herida.

—Megan, me esperan en Londres. Tengo mucho trabajo.

Katherine mete el bloc de notas y el portátil en el

maletín de piel mientras se levanta y se pone su abrigo negro de líneas rectas. La sigo con la mirada y le pregunto:

—¿Qué hacemos con tío Paddy?

—Lo quemamos también —su voz es afilada y el dolor de su rostro ha desaparecido.

—¡Katherine!

—Enterrarlo, Megan. Aunque sería más práctico incinerarlo. Ya llamé a la funeraria esta mañana; tú te encargas de la misa.

—Katherine, dame un momento, por favor. Hay algo que quiero decirte.

Me mira de arriba abajo y me extiende unas servilletas.

—No tengo tiempo para lo mismo de siempre… ¿Y esos sudores?

Ignoro su ofrenda, meto el marco en el bolso y saco un pañuelo. Me seco las sienes y termino mi vaso de agua con gas.

—Una jaqueca —miento—. Aquí tienes.

Katherine coge el certificado de defunción de tío Paddy con rapidez, pasea la mirada por el papel y, con la misma celeridad, lo guarda en su maletín.

—Escúchame y despierta. Sé que tío Paddy te apreciaba, pero la vida sigue y no es bueno anclarse en el pasado.

—Y a ti también te apreciaba. Es que su muerte no tiene sentido. Si me dejas que te explique…

—Tío Paddy dejó de apreciarme cuando yo dejé de ser una de las ovejitas de su rebaño, como lo eras tú. —Katherine sigue rascando la pintura de sus dedos—.

Jamás imaginó que iba a aceptar la oferta de irme de casa y enclaustrarme en un internado en Irlanda. Lejos de todos y todo. Un problema menos para él —su voz cobra fuerza y una sonrisa de regocijo cubre su cara. Suspira y continúa—: Y para tu información te diré que fue aquel puñetero verano —y golpea con la mano mi bolso con el marco dentro— cuando tío Paddy dejó de llamarme Katy.

Me da un beso y sale por la puerta de la cafetería con la misma fuerza con la que golpeó mi bolso.

¿Cuál es la verdadera intención de Katherine de venir hasta Findon? Podría haber realizado todas las llamadas desde su oficina en Londres. Vino a ver el cuerpo de tío Paddy. Sigo de pie al lado de la mesa de la cafetería. Quieta. No hay nadie. Así me siento yo con Katherine, como un pequeño pellejo que se levanta de la carne inmediata a las uñas y causa estorbo y dolor. Un hilo de sudor vuelve a cubrir mis sienes. Respiro hondo y mantengo el aire unos segundos. Katherine se ha pasado media vida enfadada y rencorosa conmigo. Yo sé por qué. Claro que lo sé. Sé lo que se esconde detrás de esa actitud altiva y distante: envidia. Katherine adoraba a tío Paddy hasta que yo se lo quité y nunca me lo perdonó.

Con los puños, aprieto el bolso con más fuerza. Siento cómo el marco se clava en mi pecho. Es mío. Siempre tendré un pedazo de Katherine conmigo. Porque la quiero. Se forma un nudo en mi garganta que intento aclarar con un golpe de tos, pero no se va. Quizás sea una estúpida llena de sensiblería. O quizás no sea una buena persona.

32

Viernes, 13 de enero de 2006
Hora: 12.41

—Quisiera cancelar una cuenta bancaria.

Apoyo el bolso en el mostrador de la única ventanilla abierta del banco y la cajera, mulata y con un maquillaje tan perfecto que hace imposible adivinar su edad, me pregunta con voz sedosa:

—¿No está satisfecha con nosotros?

—Es de mi tío.

—Oh, en ese caso, tiene que venir él personalmente.

Un olor fuerte a perfume de sándalo marca su territorio.

—Mi tío ha fallecido y estoy haciendo los trámites...

—Oh, cuánto lo siento. —Abre más los ojos, pero no aparece ninguna arruga—. ¿Tiene una copia del documento de defunción y algún documento de identidad?

Saco del bolso todos los documentos que me pide mientras observa cada uno de mis movimientos.

—Aquí tiene una copia.

—Usted es una de las chicas que trabajan en la agencia de viajes de Thomas Cook, ¿verdad?

—Sí. A tiempo parcial —respondo sin ganas.

—Mi prima hizo sus prácticas laborales para esa agencia hace años, pero no la cogieron. Sobraba personal.

Asiento sin decir nada y la cajera continúa:

—Decidió ir por libre. Montó su propia agencia de viajes en el pueblo de su marido.

El sonido de su teclado se mezcla con sus palabras. Se gira y carga la impresora con papel sentada desde una silla giratoria.

—Ya se lo he dicho yo. La gente compra ahora por internet. Es más barato.

Vuelvo a asentir y continúa su monólogo de labios carnosos:

—¿No sabría si necesitan gente en su agencia?

Mi mente no está en la oficina.

—Creo que no. Han cerrado varias oficinas de la misma franquicia así que lo veo difícil.

—No pasa nada. Que trabaje en un banco. Toma, me firmas aquí y aquí. —Apunta con unas uñas de porcelana rojas tan largas como las zarpas de una gata.

Ojeo el documento con el nombre de Patrick Brady y firmo abajo al lado de la cruz. Hace una semana que vi a mi tío por última vez. Estaba charlando con papá en el invernadero de la residencia. Yo salía de trabajar. Tío Paddy mostraba a papá una miniatura de las Torres

Petronas de Malasia y papá lo escuchaba con interés. Tenía prisa y no los molesté. Al día siguiente, tío Paddy me llamó para confirmar si iba a verlo el sábado. No podía. Tenía un acuerdo con Tom, que se iba de viaje, y ese fue mi último adiós. ¿Tendría que haber ido?

—También quisiera un extracto de la cuenta.

La cajera asiente y continúa tecleando. Unos letreros en la pared muestran las tasas hipotecarias. Cada vez es más fácil sacar préstamos para la compra de un piso, aunque hay rumores de que esta ganga no durará mucho. A la derecha, un tablero electrónico muestra el cambio de moneda en números digitales blancos y azules, y debajo del mostrador de cada ventanilla hay un cartel con un anuncio de una pareja con sonrisa congelada que habla con un consejero del banco: «Invierta su dinero de una manera más segura». Los anuncios son la máxima expresión del engaño.

La cajera me entrega el extracto de la cuenta de mi tío. Reviso la columna con los gastos de las dos últimas semanas. La luz, el agua, el Ayuntamiento… al llegar al final de la columna aparece la retirada de 150 libras. Es el último movimiento bancario.

—Perdone. ¿De qué es esta retirada?

—Déjeme ver. —Me quita el extracto con sus uñas de porcelana y confirma—: Es de un cajero.

—¿Y la hora y el día son correctas?

—Creo que sí. El domingo a las 17.34 horas.

—¿Este domingo a las 17.34 horas?

—Eso pone aquí.

—¿Las horas son exactas?

—Pues, no sé, la verdad. ¿Quiere que le pregunte al gerente?

¿Para qué necesitaría mi tío ese dinero antes de morir?

—¿Si no es mucha molestia? —Pongo mi mejor cara de niña buena.

Se baja de la silla giratoria y parece que pierda estatura. Se mueve despacio, pero con la decisión de una bailarina a punto de entrar en escena.

Reviso los movimientos bancarios de las semanas anteriores, pero no aparece una retirada tan grande de dinero.

—El gerente me ha dicho que las horas suelen ser exactas. A menos que haya un mantenimiento, que se suelen hacer los fines de semana.

—¿Hubo un mantenimiento?

—Sí que lo hubo, pero no a esa hora. Se hacen de madrugada.

¿Habría alguien con él? ¿Alguien que lo obligase a sacar el dinero? ¿Un robo, quizás? El papel del extracto de la cuenta se humedece con el sudor de mis dedos. Bajo las manos y las seco discretamente con los pantalones. ¿Podré esperar hasta el lunes para contactar con la policía?

—¿Tienen los cajeros cámaras de esas como en las películas?

—¿Se refiere a una cámara de seguridad?

—Sí, eso —mi voz sube unos tonos en mi registro vocal.

—Claro que todos los cajeros tienen cámara de seguridad. —Y señala con el dedo índice a las cuatro esquinas del techo del banco—. Mire, aquí, allí y más allá. Y también tenemos alarmas. Aquí no hay quien se escape.

Tenso las piernas y pongo la espalda recta como si así pudiera pensar más claro:

—¿De qué cajero retiró el dinero mi tío?

—Eso ya no se lo puedo decir. —Cruza las manos y las pone encima del mostrador. Las uñas rojas aún parecen más grandes. Juega con ellas y me pregunta—: ¿Para qué lo quiere saber?

—No, por nada. Simple curiosidad. No hay muchos cajeros por aquí.

—Es verdad.

—¿Y hay alguna forma de averiguarlo? —insisto.

—Supongo que sería una petición por parte de la policía o algo así. No tengo ni idea, la verdad. ¿Le puedo preguntar por qué tiene ese interés?

—Curiosidad, simple curiosidad. —Aprieto tanto los labios que no consigo dibujar una sonrisa.

La policía solo intervendría si tuviera una razón de peso. Y en el caso de tío Paddy, no la tienen. Bueno, no la tienen por ahora. Yo se la daré.

—¿Quiere cancelar las cuentas directas también?

—Sí, cancélelo todo.

—Tendrá que contactar con la compañía de luz, agua, el Ayuntamiento y la compañía de teléfonos...

—¿Ha dicho la compañía de teléfonos? —repito con la energía de una luz con forma de Eureka y una bombilla se enciende en mi cerebro.

La mujer del banco asiente muy lento y me mira con sorpresa.

—Sí, la compañía de teléfonos también. ¿Se lo meto todo en este sobre?

—Gracias.

Meto los papeles y el dinero en el bolso al lado del móvil de tío Paddy. Un Samsung viejo.

33

Viernes, 13 de enero de 2006
Hora: 13.12

La pequeña tienda de teléfonos está empapelada con fundas de móviles de mil colores y crea la ilusión de entrar en el tenderete de un clarividente en un parque de atracciones para niños. El vendedor de tez oscura me saluda con acento extranjero:

—Tiene cara de necesitar un móvil.

Su bigote negro como el carbón y cuidadosamente afeitado al milímetro se ensancha y dibuja una sonrisa en su cara y sus ojos se achican y desaparecen en el espesor de unas cejas grises.

—Tengo cara de estar muy desesperada, lo sé —le digo—. Y espero que pueda ayudarme.

El vendedor se queda quieto como una figura de cera. Segundos más tarde, una carcajada rompe el silencio y mi espalda salta unos centímetros hacia atrás.

Respira hondo y con su larga sonrisa de labios finos responde con tono burlón:

—Lo siento, estoy casado.

¿Ha hecho una broma? Saco del bolso el móvil de tío Paddy y lo pongo en el mostrador.

—Yo también estoy casada. Necesito que me ayude con este móvil.

—¿Es suyo?

—Digamos que sí.

—¿Y?

—¿Puede desbloquearlo?

—¿No se acuerda del código pin?

—No.

—Me permite. —Coge el móvil y lo examina—. Este móvil es viejo.

—Le tengo mucho cariño al móvil —finjo.

—¿Y una mujer guapa y joven como usted con un móvil viejo…?

Me acerco más al vendedor.

—Le voy a ser sincera. —Pretendo una sonrisa.

—Soy todo oídos. —El vendedor cruza los brazos y los apoya sobre su escuálida barriga.

—Es el móvil de mi marido. Creo que tiene una amante y quiero saber quién. Soy una mujer desesperada y no acepto un no por respuesta. ¿Cuánto me va a costar la broma?

Siento un leve distanciamiento conmigo misma. Mis palabras suenan elocuentes en mis oídos y mi voz es más afilada. ¿Qué me está haciendo cambiar? ¿Una menopausia prematura? ¿La verdad sobre la muerte de mi tío? ¿La búsqueda de la niña del vídeo? Todos tienen un denominador común: la pérdida. La pérdida de la juventud, la pérdida de un ser querido y la pérdida de la inocencia. Y entre tanta pérdida escarbo entre el fango para recuperar el pasado. Quiero saber la verdad y nadie va a enturbiar la memoria de mi tío Paddy.

La sonrisa del faquir desaparece y sus pequeños ojos se clavan en mí. Mantengo la mirada. Su voz es seria:

—Si es una broma, le va a costar veinte libras, pero si va en serio, se lo hago gratis.

—Creo que es mi día de suerte. No me va a costar nada.

La línea negra del bigote se ensancha en una curva ascendente y en sus ojos se dibuja una expresión que dice: esto son negocios.

—Como usted mande.

Conecta el móvil a su ordenador y aprieta el botón central del móvil al mismo tiempo que aprieta el volumen y, como si de magia se tratase, la pantalla del móvil se convierte en una hilera de algoritmos digitales de color azul eléctrico sobre fondo negro. Vuelve a encender el móvil y lo pone delante de mí, gira la cabeza hacia un lado y me dice con el tono de un mago que pide al voluntario del público que elija una carta:

—Teclee un número de cuatro dígitos, pero no me lo diga.

Dos mil seis, nuestro año, el año de la muerte de tío Paddy.

—Listo —respondo.

El vendedor continúa con su *show*.

—Perfecto. El móvil está desbloqueado y con un número pin nuevo. Aquí tiene. —Me devuelve el móvil y me pregunta con tono burlón—: ¿Quiere que le adivine el nuevo número?

Su pregunta me arranca una sonrisa. El móvil es frío al tacto. Mi corazón se acelera como el motor de un coche y cambia a tercera.

—No, gracias. ¿Qué hago ahora?

—Entre en la pantalla principal y mire los últimos números entrantes. Así. —Y aprieta los botones principales mientras sujeto el móvil con ansia.

Me muestra la pantalla donde aparece mi móvil y otros números. Todos tienen el nombre de alguien: el padre Jonathan, Megan, residencia de papá Anthony…

—¿Y este fin de semana? —pregunto juntando las palabras con rapidez.

El vendedor con apariencia de faquir me vuelve a mostrar los números.

—Hay uno que no tiene nombre.

—¿De quién?

—No tiene nombre, le digo.

—Me deja ver el número.

Mi corazón pasa a la cuarta marcha. No reconozco el número.

—¿Cuándo lo llamaron? —pregunto.

—Su marido llamó a ese número el sábado por la mañana y lo llamaron de vuelta el domingo un par de veces.

—¿A qué hora?

—A las 17.22 y otra vez a las 17.58. ¿Dónde estaba usted a esa hora?

¿En la cuarta milla o quizás en la quinta?

—Estaba corriendo —le respondo—. ¿Tiene papel y boli?

El vendedor hace un giro teatral y me pone papel y boli encima del mostrador. Me seco las manos de sudor en los pantalones y apunto el teléfono.

—¿Puede averiguarme de quién es el teléfono?

—Señorita, no soy la Policía.

—¿Puede mirar si aparece más veces ese número?

El vendedor aprieta el botón y mueve la pantalla hacia abajo.

—Solo almacena la memoria del último mes. No aparece nada. ¿Por qué no llama?

Mi corazón salta en el pecho dando golpes y mis mejillas se tiñen de rojo. Tengo el vértigo de un coche en la quinta marcha a punto de saltar un puente roto. Saco mi móvil, pero no consigo marcar el número. ¿Son mis dedos que tiemblan o mi indecisión a saltar el puente roto? Aprieto el primer número muy despacio para no equivocarme. Cada dígito que marco es un golpe de adrenalina a mi corazón, que acelera como un coche de carreras. Me pongo el móvil en la oreja sin llegar a tocar el auricular. Primer tono. El vendedor me observa mientras juega con uno de sus anillos. Segundo tono. ¿Qué pensará de mí? ¿Me compadecerá? Giro la cabeza y bajo la mirada. Cuarto tono. ¿Reconoceré la voz de la persona? Quinto tono. ¿Qué le digo? ¿Quizás que me he equivocado de número? Ocho tonos más tarde, miro al vendedor y niego con la cabeza. Cuelgo. Su expresión de desánimo copia la mía.

Lo intento de nuevo.

Nada.

El vendedor y yo agachamos la cabeza simultáneamente. Dejo mi móvil lentamente sobre el mostrador y me apoyo en el cristal. Mis párpados se dejan caer. Segundos más tarde digo al aire:

—¿Y si miro en la guía de teléfonos?

El vendedor da un bufido largo y responde sin mucho ánimo:

—Podría intentarlo, pero si es un teléfono de tarjeta, no creo que pueda encontrar los datos del cliente en la guía de teléfonos.

—Ya…

—¿Por qué no llama desde el teléfono de su marido?

Aprieto fuerte el móvil de tío Paddy y mi cuerpo se moja con la adrenalina de un conductor que definitivamente salta al vacío desde un puente roto. ¿Cómo no se me había ocurrido antes? Alargo el móvil de tío Paddy tan cerca de la cara del vendedor que parece que se lo vaya a comer.

—¿Dónde aprieto para hacer una rellamada?

El vendedor mueve la cabeza hacia atrás y levanta las manos como acto reflejo.

—Espere. —Y pone la mano sobre la mía y la baja lentamente hasta el mostrador. Es cálida y aderezada con varios anillos de oro que contrastan con el color chocolate claro de su piel—. Ahora no —me dice y continúa con la misma voz de clarividente en un parque de atracciones para niños—. Si llama desde el teléfono de su marido, quien sea la persona que no lo cogió cuando llamó antes, no lo va a coger ahora y puede sospechar.

—Claro, ¿qué hago?

Se le escapa un gruñido mientras mira al vacío buscando una respuesta:

—Llame más tarde desde el teléfono de su marido.

—¿Más tarde? ¿Cuánto más tarde?

—Espere hasta la tarde.

Respiro hondo y repaso cada músculo de mi cuerpo después de caer en picado desde una montaña rusa. Mantengo la espalda erguida y saco mi monedero.

—Muchas gracias. Por favor, déjeme pagarle por su ayuda.

—Nada, nada. Que tenga suerte.

34

Viernes, 13 de enero de 2006
Hora: 14.11

Mientras espero hasta la tarde para llamar al misterioso número, he encontrado una forma de averiguar quién es la niña del vídeo.

Detrás del mostrador de la tienda de Oxfam está Sophie sentada leyendo una de sus revistas.

—Quiero pedirte disculpas por la otra noche —rompo el silencio.

Sophie me mira sin entender.

—Hola, cariño. ¿Cómo estás? Estoy leyendo un artículo interesantísimo sobre la lógica del olvido.

Su comentario da la vuelta a la presentación de disculpa que tenía preparada antes de pedirle un favor.

—¿Y qué es la lógica del olvido?

—Algo así como el refrán de «quien bien te quiere te hará llorar», solo que no lloras porque no te acuerdas.

—¿Y por qué no te vas a acordar? —Mi curiosidad se transforma en incredulidad.

—Porque no le interesa a tu subconsciente. Es un mecanismo de supervivencia. ¿Quieres leer el artículo?

Intento poner los pies sobre la tierra y presentar mi disculpa:

—Yo quiero que te acuerdes de la otra noche porque estuve un poco borde y te quiero pedir disculpas. Sophie, no lo estoy pasando bien. —Juego con los dedos sobre el mostrador.

—No lo tuve en cuenta. Ni me acordaba. ¿Ves? La lógica del olvido. Además, siempre vienes con prisa, pero hoy nos vamos a tomar un té.

El té no estaba en mis planes, pero no digo nada mientras Sophie prepara las tazas.

—Mira lo que han traído a la tienda. —Y señala una tabla metálica antigua de lavar ropa—. Tú esto no lo sabes. Cuando era niña, mi abuela usaba una tabla como esa. Cuando la trajeron a la tienda no sabía lo que había dentro de la caja. Simplemente, ese sonido particular me ponía de mala leche. Así que una vez que abrí la caja y me encontré con la tabla, me acordé de cómo mi abuela me obligaba a limpiar la casa cuando era una niña y mamá estaba enferma en la cama. Ni me acordaba hasta que volví a escuchar el golpe del cepillo de cerdas con la tabla metálica. ¿Ves?, un ejemplo del subconsciente y la lógica del olvido.

Termina su discurso con una gran sonrisa sobre una cara redonda y rizos de oro, aunque no he entendido muy bien que está contando.

—¿Y eso pasa solo con los ruidos?

—Supongo que puede ser ruidos, olores o sensaciones. No lo sé bien. El subconsciente es más sabio de lo que creemos. ¿Quieres la revista y lees el artículo? Es muy interesante.

Doy un sorbo al té y dejo la taza sobre el mostrador.

—Solamente pasaba para disculparme. De verdad que tengo que irme.

—Pero si acabas de llegar.

—¿Qué hora es? —pregunto.

—Casi las dos y media. Pero muchacha, ¿dónde vas con tanta prisa?

Cierro los puños y tenso la espalda.

—Necesito que me hagas un favor y no me hagas preguntas.

Lo digo tan rápido que no me da tiempo de entender mis propias palabras.

—Eso suena a película americana y no me gusta un pelo. ¿De qué favor se trata?

—Necesito una chaqueta.

—¿Una chaqueta? ¿Y para eso tanto misterio? ¿Quieres ir de compras?

—No, no. Una chaqueta de segunda mano que tengas. Te compro una de aquí.

—No entiendo, cariño. ¿Qué pasa?

—Necesito una chaqueta pequeña. Para una niña de once o doce años.

—¿Para una niña de once o doce años…? No sabía que tenías sobrinas —alarga las palabras mientras me mira con preocupación.

Respiro hondo y cierro los ojos. No sé ocultar la verdad con los ojos abiertos.

—Por favor, no me hagas preguntas. Te lo explicaré luego. ¿Tienes una chaqueta de niña?

Sophie se queda callada. Se levanta, se acerca al perchero y me muestra una.

—¿Te vale esta?

—Sí, es perfecta. ¿Cuánto es?

Sophie pone la mano sobre la mía y dice:

—Nada, cariño, para ti gratis.

—Gracias. —Y me voy.

—Megan —me grita Sophie y me doy la vuelta—, promete que me contarás para qué querías una chaqueta como esa con tanta urgencia.

Me acerco rápido y le lanzo un beso.

—Te lo prometo.

Y salgo directa al instituto.

35

Viernes, 13 de enero de 2006
Hora: 14.56

SALGO del taxi y toco al timbre de la verja del instituto. Una pequeña luz roja se enciende y alguien me mira a través de la cámara del portero eléctrico. Sin yo decir nada, la verja se abre. Camino hacia la recepción y repaso mentalmente lo que voy a decir. Detrás del mostrador hay dos recepcionistas entradas en los cincuenta. Una tiene el pelo corto, castaño oscuro y un exceso de pintalabios rojo; la otra recepcionista, de expresión boba, tiene media melena rubia con tantas mechas que es difícil adivinar su color original.

—Buenos días, traía un abrigo…

La recepcionista de melena rubia levanta el dedo índice y señala a su compañera mientras recita a través del micrófono de los auriculares y con tono monótono:

—Instituto Park Academy para chicas, ¿en qué puedo ayudarle?

Me giro hacia la recepcionista del pelo corto y labios rojos y me tararea la misma presentación:

—Instituto Park Academy para chicas, ¿en qué puedo ayudarle?

—Buenas tardes, traía un abrigo que una de sus alumnas se dejó en la estación.

—Oh, gracias. —Agarra el abrigo y busca en la etiqueta alguna pista con el nombre de la alumna, pero no hay nada escrito—. Estas niñas no saben dónde tienen la cabeza. Lo pierden todo. Un día se van a perder ellas y nos van a dar un susto. —Aprieta el botón de su auricular y repite—: Instituto Park Academy para chicas, ¿en qué puedo ayudarle? ¿De parte de quién? Sí, un momento, ahora le paso.

Se quita los auriculares y me presta atención:

—Perdone, ¿me decía…?

—No decía nada —titubeo—, que le traía este abrigo…

—Gracias, lo pondré en la caja de objetos perdidos a ver si lo reclaman. Mañana van a volver a bajar las temperaturas. —Me ignora y habla otra vez por el auricular—: Instituto Park Academy para chicas, ¿en qué puedo ayudarle?

Doy un paso al lado del mostrador y pruebo suerte con la otra recepcionista de pelo rubio y expresión boba:

—Le puedo hacer una descripción de la niña y quizás es más fácil buscarla.

La recepcionista me mira como si no entendiera mi pregunta. Continúo:

—Y seguro que su madre se pondrá muy contenta. Mañana bajan las temperaturas.

La recepcionista de pelo corto interviene:

—Mandaremos un mensaje general a los tutores para que pasen el mensaje de que un abrigo está en objetos perdidos, y a ver si lo reclaman. Ha sido usted muy amable.

Insisto:

—Es una niña no muy alta de unos once o doce años con el pelo oscuro largo y lacio y tiene una mecha blanca aquí en la parte derecha. Seguro que saben quién es.

Las dos recepcionistas se miran entre ellas y la recepcionista de labios rojos me dice:

—¿Me da su nombre, por favor?

—Megan Evans.

—¿Vive usted por la zona?

—Más o menos. En Findon.

—Pero Findon está a más de cinco millas de aquí —dice la recepcionista de pelo corto.

La recepcionista de pelo rubio me devuelve una sonrisa sosa y añade:

—Claro.

Como si «claro» lo explicase todo. Se miran entre ellas. ¿En qué estarán pensando? ¿He metido la pata hasta el fondo? Doy un paso atrás y antes de girarme y salir corriendo por la puerta, la recepcionista de pelo corto me hace una invitación:

—¿Quiere hablar con el director del centro, el señor Wright? Seguro que le puede ayudar.

—Sí, claro —mi voz se eleva ligeramente.

Marca un número y espera. La recepcionista de melena rubia parpadea varias veces y finge una sonrisa de hotel barato.

—Linda, ¿puedes pasarme con el director? Hay una señora…

Me mira y espera a que diga otra vez mi nombre:

—Megan Evans.

—Megan Evans —repite.

¿Debería haber dado otro nombre?

La recepcionista continúa:

—Está buscando a una de nuestras alumnas.

Una gota de sudor producto de un exceso de adrenalina resbala por mi frente. Me toco el flequillo para que no se me note y finjo tranquilidad.

—No, no es madre del centro. Un momento. ¿Pariente quizás?

Niego con la cabeza.

—No, tampoco. —Después de un corto silencio, continúa—: No… —Y cuelga—. Por favor, tome asiento. El señor Wright le atenderá en un momento.

¿Qué le están diciendo desde la otra línea? Me ajusto la chaqueta. ¿No es mejor que me vaya?

—Puedo pasar más tarde.

—No, por favor. —Copia la sonrisa de su compañera e insiste—. El señor Wright es una persona con valores y nuestro lema es: «Estudiantes de hoy, líderes del mañana».

No tiene mucho sentido lo que me cuenta y total, no tengo mucho que perder. Me quito la chaqueta y me siento. Pasan dos niñas por el pasillo. No es la niña que busco. ¿Alguna amiga quizás?

Con la sincronía de un reloj suizo, sale por la puerta a recibirme el señor Wright. Su traje oscuro y corbata granate parecen una segunda piel. Con una amplia sonrisa, más de vendedor de coches que de director del instituto, me da la bienvenida:

—¿Señora Evans? —Me estrecha la mano con suavidad y ojos intensos. —Soy Andrew Wright, director del Instituto Park Academy para chicas. Por favor, pase por aquí. ¿Quiere un café o té?

—Nada, gracias. Será un momento.

Si juego bien mis cartas, saldré del instituto con el nombre de la niña. Y cuando tenga su nombre, estaré más cerca de la verdad. Ni siquiera la policía podrá refutar los motivos reales de la huida de mi tío. ¿Tendrá un sentido más profundo su muerte?

El director se sienta en una silla de oficina de cuero negro. Parece más un trono con ruedas donde el señor director se cobija y me invita a sentarme. Entre nosotros hay una gran mesa de madera de roble a juego con su pequeño trono de cuero y, encima de la mesa reposan cuatro objetos en cada una de las esquinas: una placa con su nombre y posición en color oro, un teléfono de oficina, la pantalla de un ordenador y una lámpara clásica de carcasa verde con un pequeño tirador al lado.

—¿En qué puedo ayudarla? —Juguetea con un bolígrafo plateado mientras me mira fijamente.

—Encontré un abrigo de una de sus alumnas en la estación y pensé en traerlo.

—Muchísimas gracias. Le agradecemos su gesto altruista. —Mantiene su sonrisa de vendedor de coches.

—La niña no era muy alta, tenía el pelo negro y lacio. Con una melena bastante larga.

El señor Wright asiente.

—Es usted muy observadora. ¿Dónde dijo que lo encontró?

—En la estación.

—¿Y a qué se dedica, si perdona mi indiscreción?

—Trabajo en una agencia de viajes. ¿Conoce usted a la alumna?

—Conozco a todas mis alumnas. Aquí nuestro lema es: «Estudiantes de hoy, líderes del mañana».

—Sí, me han dicho. Bueno, pensé que podría echar un vistazo al archivo de fotos de las niñas y decirle quién se dejó el abrigo en la estación.

—Supongo que echándole un vistazo rápido podemos ver quién es.

Mi corazón late rápido.

—Se lo agradecería mucho. Es una estudiante con el pelo oscuro lacio y tiene una mecha blanca en la parte derecha.

—Tiene usted una gran capacidad de observación —repite con un ligero tono condescendiente y continúa—: Pero tengo una curiosidad. —Y hace una pequeña pausa como si estuviera en una clase y quisiera que todos los alumnos le prestaran atención—. Si usted vio a una de nuestras alumnas tan de cerca, me pregunto —carraspea antes de seguir—: ¿Por qué no le devolvió el abrigo usted misma? ¿Ha dicho: señora Edwards?

—Señora Evans —le corrijo—. Bueno, tan de cerca no la vi. Cuando yo salía del tren ella entraba. Quiero decir —rectifico—, cuando yo entraba, ella salía del vagón y supuse que el abrigo que estaba en el asiento era suyo.

—¿Y es obvio que la vio?

—Sí, sí. Le hice señas desde dentro del vagón, pero el tren se puso en marcha y la niña no se dio cuenta.

El director mueve la cabeza repetidas veces en asentimiento a mi coherente explicación. Las voces inocentes de las niñas jugando en el patio llegan hasta la oficina y me dan fuerzas para seguir en mi empeño de encontrar a esa niña.

—¿Y supongo que volvió otra vez a la estación de origen para venir aquí al instituto?

—Supone bien —digo rotundo—. Reconocí el escudo del instituto y volví.

El director de la escuela se toca la sien con los dedos índice y corazón y asiente mientras recapitula mentalmente mi historia.

—Tiene usted mucho tiempo, señora Evans. —Mi cuello se tensa. No respondo, y el señor Wright continúa —: Desgraciadamente, nuestro instituto tiene un proceso un tanto diferente para encontrar a la supuesta dueña del extraviado abrigo.

—Entiendo.

—Me alegro de que me entienda. —Las palabras del director de la escuela son lentas y comedidas como si el tiempo fuera infinito dentro de su oficina— . Mi secretaria me ha informado de que el abrigo no tiene una solapa con el nombre de nuestra alumna. Esto es algo improbable, aunque no imposible. —Sonríe—. Así que mandaremos un correo electrónico a todos los tutores dándoles una descripción del abrigo para que la alumna lo recoja en la recepción. —Y hace una pausa—. Si realmente perteneciese a alguna de nuestras alumnas... Así de simple. —Da una palmada sobre la mesa y el sonido seco me corta la respiración y mis mejillas se tiñen de bermellón.

—Entiendo, entiendo —repito y miro el pomo de la puerta.

—Si la he entendido correctamente, a usted le gustaría ver las fotos de las niñas para identificar quién se dejó el abrigo, no en la estación, como dijo antes, sino en el vagón del tren.

—Bueno…

Me levanto y el director continúa con su tono lento y autoritario:

—Lo que usted me está pidiendo, señora Evans, va en contra de nuestro protocolo de protección al menor. —Hace otra pausa incómoda—. ¿Entiende lo que le digo?

—No lo sabía. —Fuerzo una sonrisa—. Ahora lo sé. No se preocupe, que no le quiero quitar más tiempo. Ya me voy.

Tanteo y busco los botones de mi abrigo mientras mantengo la mirada impávida. Los dedos me tiemblan. El director no se levanta. Salgo con paso ligero mirando al suelo. Al pasar por recepción, oigo a las dos recepcionistas cuchichear algo.

Soy una tremenda idiota. Claro que no me iban a dejar ver las fotos de las niñas.

¿Tiene la niña de un viejo vídeo una relación directa con la muerte de tío Paddy? Sé que la hay, pero no puedo explicarlo. Es como si mi tío me susurrase al oído: «Encuentra a la niña y me encontrarás a mí».

36

Viernes, 13 de enero de 2006
Hora: 16.17

Desde la ventana de la cocina veo a Oliver apilando cajas en la puerta de su casa. ¿Se muda? Preparo dos tazas de té verde, me pongo el abrigo y salgo.

—¿Qué haces? —pregunto.

Oliver se gira y deja la caja al lado del marco de la puerta.

—Organizando cajas con las cosas de Amy. Las voy a meter en el garaje.

—Me alegro. Toma.

Oliver coge la taza de té y la huele con curiosidad.

—Hoy no tengo alcohol —respondo.

—No te preocupes. Hice la compra está mañana. Me ayuda a dormir.

—También ayuda al hígado a envejecer.

Oliver da un sorbo y la expresión de su cara se agría.

—¿Qué es esto? ¿Infusión de paja para caballos?

—Es concentrado de té verde. Ecológico. Limpia, como haces tú ahora con las cosas de Amy. Le puedo añadir azúcar, aunque no te lo recomiendo.

—No, está bien. —Da otro sorbo.

Varias casas al fondo, haciendo esquina con la calle que baja al pueblo, un hombre corta los arbustos que sobresalen de la verja de una casa. Ha parado. Está quieto y nos observa. Su silueta me resulta familiar.

—Oliver, mira. ¿Quién es ese hombre que está cortando los setos?

Oliver deja la taza encima de la caja y se asoma desde el marco de la puerta.

—Es Peter, el jardinero de la comarca. —Levanta la mano para saludarlo.

El jardinero le devuelve el saludo, pero yo bajo la mirada.

—Nunca lo he visto por aquí.

—Hace trabajos de jardinería aquí y allá. Habla poco, pero trabaja bien. —Baja la voz—: Tuvo meningitis de pequeño.

—¿Lo cuida alguien?

—No sé. Se vale por sí mismo. Normalmente, trabaja para el Ayuntamiento. Suele ir a mi colegio un par de veces al mes y se encarga de la vegetación. Es inofensivo como un niño. ¿Quieres que Peter le eche una mano a tu jardín?

Niego con la cabeza.

Hay dolor en los ojos de Oliver cuando me dice:

—Voy a vender la casa. Me voy —sus palabras son una bomba en mis oídos.

—¿Irte a dónde? ¿Y Jamie?

—Ahora está con la madre de Amy. Esa mujer lo quiere controlar todo. Mi hijo es mi hijo y se vendrá conmigo donde yo vaya.

—Claro.

—Quizás iré al norte —su voz hincha las palabras de esperanza.

¿Por qué ese cambio repentino?

—¿Y tu trabajo? —pregunto.

—Siempre puedo encontrar un trabajo de profesor en otra escuela. —Y se enciende un cigarrillo—. Megan, me conoce demasiada gente. Estoy cansado de que me tengan pena. Necesito salir de este ambiente.

—Entiendo.

—¿Y tú?

Organizo mis ideas y respondo:

—La misa de mi tío es el domingo y mi hermana Katherine se está encargando de la parte burocrática. Aparte de eso, no tengo mucho más que contar.

—¿Cómo está tu hermana?

—En su línea, como siempre.

—¿Y Tom?

—De viaje. Vuelve pronto.

Finjo tranquilidad. Oliver no pregunta más por Tom y continúa:

—He vaciado la oficina de Amy. Todas sus cosas están en cajas. —Le da una calada al cigarrillo—. En cajas…, como ella —dice con tono amargo.

—Le pusiste unas flores preciosas.

—¿Cómo lo sabes?

—Yo también echo de menos a Amy —digo sin pensar muy bien las palabras.

Asiente y la luz de la entrada de su casa cae sobre su rostro y se mezcla con el humo del cigarrillo.

—No sé qué hacer con sus pertenencias.

—Las puedes donar a Oxfam como yo estoy haciendo con las cosas de tío Paddy.

—Podría… —Y asiente pensativo.

—¿Cómo te sientes guardando las cosas de Amy?

—A veces vacío, otras veces enfadado, como una furia que me quema por dentro. Extraño, ¿verdad? Como si la rabia fuera más fuerte que la tristeza. —Tira el cigarrillo al suelo y lo pisa con fuerza.

No puedo estar más de acuerdo. Oliver termina su té y me pasa la taza.

—Encontré el diario de trabajo de Amy.

Se hace un silencio como si Oliver esperase que yo dijera algo. No respondo. Él continúa:

—El jueves siete de julio tenía programada una reunión de trabajo. Un cliente importante, para una nueva campaña de *marketing*. Unos productos americanos, creo.

Cojo su taza y doy un paso hacia atrás.

—Oliver, tienes que dejar de darle vueltas…

—Es la misma reunión que tenía originalmente para el día anterior, miércoles —me interrumpe.

No fue una buena idea venir. Soy demasiado curiosa.

—Sería otra reunión como parte del proyecto —trato de justificar.

—No. Era la misma reunión. La pospuso para el jueves, su día libre. Y no lo entiendo, porque era más complicado el jueves que ese miércoles, puesto que nos íbamos de viaje al día siguiente, viernes.

—Es verdad, me acuerdo de vuestro plan de viaje. Amy me contó que quería escapar de la rutina.

—Pospuso la maldita reunión para el jueves —su voz cobra intensidad.

—Algo surgiría en su trabajo —digo con tono calmado—, pero no le des más vueltas.

—O algo surgió aquí en Findon —me corta y sus palabras caen del cielo como granizo.

—Oliver, no insistas. No me acuerdo. Quizás Amy no se encontraba bien ese miércoles y por eso pospuso la reunión.

El abrigo me da demasiado calor y lo abro ligeramente para que me dé espacio para respirar.

—Amy no se quedó en casa el miércoles. Jamie estuvo ese día en la guardería. Yo mismo fui a recogerlo cuando terminé en la escuela. Cuando volví a casa, Amy me llamó y me dijo que estaba de camino a casa de su trabajo. Preparé la cena. Me acuerdo perfectamente.

—Pero ¿no acabas de decirme que no fue a trabajar?

—Exacto. Me mintió. No fue a trabajar ese miércoles y tampoco se quedó en casa.

Tengo que parar a Oliver antes de que siga.

—Oliver, estoy muy cansada. Solo vine para saludarte. Esta conversación no va a ninguna parte. Tienes que tranquilizarte. Entiendo que guardar las cosas de

Amy es doloroso, pero poner en duda que Amy te quería es un error muy grande. Además —respiro con fuerza y dejo el aire en los pulmones unos segundos antes de continuar—, Amy no va a volver.

—No pongo en duda que me quisiese —responde con despecho—, pero por alguna razón Amy canceló la maldita reunión en Londres para aquel miércoles. Me mintió. Si no hubiera cancelado esa maldita reunión, hoy estaría viva y conmigo.

—No, Oliver.

—¿Cómo que no?

—Quiero decir que uno no puede controlar el destino.

Se acerca a mí y me agarra por los brazos. Sus manos son fuertes, me siento prisionera.

—¿Por qué canceló Amy aquella reunión? Tú lo sabes.

—¿Y cómo iba a saberlo?

—Amy era tu amiga.

—Oliver, tienes que tranquilizarte, suéltame.

—¿Tenía un amante? Tienes que decírmelo.

—¿Qué dices?

—Megan, sé que Amy no hubiera cancelado ninguna reunión si no hubiera sido por una causa mayor. Algo pasó y quiero que me lo cuentes.

—¿Qué quieres que te cuente? Pasara lo que pasase, Amy no va a volver, Oliver. Esa es la cruda realidad.

Las manos de Oliver caen y me escapo de sus garras. Doy la vuelta y cruzo la acera sin decir palabra.

—Lo siento, Megan. De verdad que lo siento —su voz suena lejana.

No digo nada y sigo andando.

—¡Y gracias! —grita mientras termino de cruzar la calle.

Mis manos tiemblan. Me doy la vuelta y mi mirada se encuentra con la suya al otro lado de la acera. No digo nada. Oliver añade:

—Gracias por escucharme.

—Oliver… —Apenas muevo los labios.

Pero antes de terminar mi frase responde:

—Y porque sé que tú también mientes —grita con rabia—. Sea quien sea ese cabrón, Amy estuvo con él ese miércoles.

Mi respiración se para en seco. Entro en casa y echo la cadena. Apoyo la espalda contra la puerta y me deslizo lentamente hasta sentarme en el suelo. Amy está aquí conmigo. Me mira con sus ojos angelicales y me sonríe. Ahora entiendo el cambio repentino en la actitud de Oliver. Su despecho es más fuerte que su tristeza. Pero no sabe que Amy no estuvo con ese bastardo.

—Amy se quedó ese miércoles por mí, Oliver. Para que tú pudieras seguir viviendo en la ignorancia.

Abro el cajón de la cómoda y saco el reloj roto que me regaló Tom por nuestro aniversario. Está parado en las 18.47 de la noche del domingo. Lo aprieto fuerte como aprieto fuerte la promesa absurda de mantener a Oliver feliz en su ignorancia.

Paso el reloj de una mano a otra. Ahora sé quién trajo mi reloj de vuelta. Fue Peter, el jardinero que acabo de ver, y es el mismo jardinero que vi en la iglesia cuando visité al padre Jonathan. Pero todavía no sé por qué dejó el reloj en la puerta de mi casa. ¿A qué juego está jugando?

Hay un mensaje de Tom.

«No coges el teléfono. Siento lo de tu tío Paddy. Vuelvo a casa mañana».

¿Quién le ha dicho a Tom lo de tío Paddy?

37

Viernes, 13 de enero de 2006
Hora: 16.57

Juego con el lápiz haciendo garabatos y dándole formas al misterioso número de teléfono que he escrito ya una docena de veces en mi cuaderno de notas.

Tengo que poner un poco de orden en casa, hacer la compra y recoger mañana a papá de la residencia. El lunes contactaré con la policía para mostrarles el vídeo y las fotos. ¿Me tomarán en serio o me tomarán por loca? El vídeo habla por sí mismo. No hay duda. ¿O la hay?

Son casi las cinco de la tarde. Ha llegado el momento.

Paso el teléfono de tío Paddy de una mano a la otra. Un Samsung viejo de segunda mano que compró en la tienda de Sophie. En los últimos años, tío Paddy pasaba más tiempo en Malasia que por aquí, así que solo usaba un móvil de prepago. Vuelvo a entrar en la carpeta de mensajes. Solo hay textos con el saldo. He llamado a varias compañías de teléfonos, pero me han dicho lo mismo que el vendedor de la tienda de móviles. No tienen datos de ese teléfono en el sistema.

Llamaron dos veces, y la duración de la primera llamada es de casi tres minutos. Pero ¿por qué no tenía tío Paddy el número grabado en su móvil? ¿Era alguien cercano o alguien lejano a mi tío? ¿De qué hablaron? También se me ocurrió la opción de que la persona llamaba desde un número nuevo. Eso explicaría por qué tío Paddy no tenía grabado el número.

Tecleo en mi portátil el número de teléfono en Google y escaneo los resultados. El primer enlace que aparece es una página donde puedes denunciar el número de teléfono. Está llena de anuncios fantasmas. Sigo más abajo. Aparecen enlaces con símbolos chinos. Pruebo diferentes combinaciones creando una separación entre números o buscando los primeros cuatro dígitos o los últimos cuatro dígitos. Nada que me pueda dar una pista. Busco en las páginas amarillas. Previo pago, pueden darme la información del número. Introduzco los datos y un mensaje me informa de que el número de teléfono no está registrado. Vaya engaño.

El móvil de tío Paddy suda en mis manos como una patata caliente. Llamo y… ¿qué digo? No tengo que decir nada. Solo quiero escuchar su voz. Juego con la ventaja de que no sabe quién soy. ¿Y si es alguien que conozco? Pongo la mano en el corazón. ¿Qué le digo? «Soy Megan, la sobrina de tío Paddy, ¿cómo estás?, supongo que ya te habrás enterado, llamaste a mi tío una hora antes de que muriese y quería cerciorarme de que tú no lo mataste». Un escalofrío helado se apodera de mi espina dorsal. ¿Paso la información a la policía? Después del poco caso que me han hecho, quizás, es mejor que no. Esperaré a que pase el funeral.

No tiene por qué saber quién soy, si no digo nada. Aprieto a rellamada y un centenar de alas de mariposa rozan mi estómago. Da señal, uno, dos, tres. Mi corazón parece que vaya a salirse del pecho. Al cuarto tono termina y alguien al otro lado de la línea se pone en comunicación:

—Hola… ¿Hola? ¿Estás ahí?

Es la voz delicada de una mujer. La respiración se me corta y mis pulmones se atascan. Aunque quisiera responder, no me salen las palabras. Cuelgo. Tiro el móvil al futón, lejos de mí como si fuera una piedra volcánica que me abrasa y se derrite entre mis dedos. ¿Quién es esa mujer? No he escuchado esa voz antes. Tiene un timbre agudo y un acento extranjero. No es de la zona, pero tío Paddy y ella se conocían. La mujer pensó que tío Paddy la estaba llamando. «¿Estás ahí?». ¿No sabe que tío Paddy ha fallecido? ¿Cómo puede no saberlo si hablaron varios minutos el domingo por la noche antes de que tío Paddy saliese en estampida de su casa? La bilis me está revolviendo el estómago. ¿Le avisaría la mujer de algo?

Cojo el móvil y me dejo caer en el futón japonés. Me acurruco en posición fetal y dejo pasar los minutos. El móvil es un lastre cargado de secretos que no le importa a nadie más que a mí. La policía no me hace caso. Me toman por loca en el instituto. Sophie no me entiende. ¿Acaso me entiendo yo?

Suena el móvil, pero no aparece ninguna llamada en

la pantalla. Tampoco vibra. Estoy confundida. Suena una segunda vez. A la tercera llamada se me hiela la sangre y una punzada corta mi columna vertebral. No es el móvil de tío Paddy, es mi móvil. Salto del futón a la barra de la cocina. El móvil está junto al portátil. Sigue sonando. ¿Será Tom? ¿Sophie? ¿La residencia? Lo agarro y en la pantalla aparece la respuesta. Nace un calor en mi estómago que llega hasta mis mejillas. Parpadeo y ajusto mi visión. Tanteo y busco el bloc de notas. Comparo los dos números de teléfono y quiero desaparecer. El mismo número que llamó a tío Paddy la noche en que murió, está llamando a mi teléfono. Me conoce.

38

Sábado, 14 de enero de 2006
Hora: 17.57

—¿Quieres cenar, papá?

Papá está sentado en la cama de invitados mirando la pared como el que ve una televisión a rayas. No responde.

—Papá, te estoy hablando. ¿Qué quieres cenar?

No soy una gran cocinera así que prepararé una sopa de bote y una ensalada.

Tocan a la puerta.

—Sh… —le digo a papá, que se queda aún más quieto.

Salgo de la habitación de puntillas hasta la puerta de entrada. Vuelven a tocar a la puerta.

—¡Megan! ¡Meg! ¿Estás ahí? Abre la puerta.

Es Tom. Llega demasiado pronto. Hubiera preferido hablar con él después del funeral. ¿Quién le dijo lo de tío Paddy?

—¡Meg! Soy yo.

Sí, sé que eres tú, me digno a aceptar. Abro la puerta a medias.

—¿Qué quieres? ¿No tienes llaves?

—Pasar, si me dejas.

Abro la puerta.

—¿Quién es ese hombre? —dice papá mientras arrastra los pies hasta el salón.

—Buenas noches, señor Anthony. ¿Cómo está?

—¿Quién es usted? Megan, ¿quién es este hombre? —Tom deja la maleta en el salón y me mira con sorpresa.

—Papá, es Tom. ¿No te acuerdas?

—¿Qué Tom?

—Mi marido, papá —confirmo lo que es obvio.

Papá mira a Tom de arriba abajo y dice:

—Muchacho, ¿cómo vas con los estudios?

—Bien, bien —la voz de Tom suena más a pregunta que a respuesta.

Me acerco a Tom y le susurro:

—Papá tiene un mal día. Síguele la corriente.

El olor a perfume es el mismo que le regalo año tras año. Un aroma mezcla de madera, cuero y lavanda. Solo lo usa en ocasiones especiales y nunca termina el frasco hasta que le regalo otro al año siguiente.

—Y esas bolsas de la compra, ¿qué son?

—He comprado algo de cena. Pensé que quizás querrías…

—¿… que nos viéramos?

—Meg, llevamos semanas que no nos vemos. Cuando yo estoy, tú no estás…, y así. Tampoco respondes a mis llamadas. Sé que quieres tu espacio. Lo respeto.

—Exacto…

Mis brazos cruzados forman una barrera entre él y yo.

—¿Quieres que me vaya?

Tom juega con sus ultimátums. Hace más de doce años que me fui detrás de unos ojos color celeste, un pelo negro ya salpicado con el color de la sal por los años y esa sonrisa fácil y juguetona que no se tomaba en serio la vida.

—Puedes quedarte, puedes hacer la cena y luego puedes irte al sofá.

Yo también he aprendido a dar ultimátums. No hay sonrisa en su rostro. ¿Es ahora cuando va a coger sus cosas e irse? Pero Tom deja las bolsas encima de la barra de la cocina y se acerca a mi padre:

—Señor Anthony, venga usted aquí que tiene que ayudarme a preparar la cena.

Mi padre lo sigue como un niño.

—¿Quiere una copa de vino? Es un Rioja gran reserva. Estos no se compran en los supermercados de por aquí.

Los dos pasan a la cocina. Los dos hombres más importantes en mi vida y tan alejados de mí al mismo tiempo. Mis brazos pierden fuerza y se desploman.

—¿Cómo van los estudios? ¿Cuándo los terminas? —dice papá.

—Ya los terminé, señor Anthony.

—En mi época solo las mujeres cocinaban. Que un hombre cocinara, era cosa de mariquitas.

—Papá, no seas borde.

—Ahora soy yo el que a veces da cursos cuando el trabajo del periódico me lo permite.

—¿Y te pagan buen sueldo por eso?

—Sí, señor Anthony.

Tom le sigue el juego a mi padre. Sabe cómo tratarle.

—Eso está bien —dice asintiendo mientras da otro sorbo al vino—. Este vino está cojonudo.

—Me alegro, señor Anthony. Tengo un par de botellas de la misma cosecha en el coche. Son para usted y Megan.

—¡Megan, ven a la cocina! Ponte una copa de vino.

—Estoy bien, papá. Me espero a la cena.

Papá está terminando el día mucho mejor de lo que lo empezó. Se levanta, agarra la botella y se echa otra copa.

—Tom, hijo, ¿quieres más?

—Por ahora no, gracias. Cuando termine de preparar las pechugas de pollo.

—Yo voy a mi cuarto. Tengo que organizar unas cosas.

Los miro, pero no hay respuesta. Tom está de espaldas cocinando y mi padre sentado en una silla fascinado por el espectáculo: cortar, picar, freír.

Nada más moverme en dirección a mi habitación escucho a mi padre decir:

—¿Y lo de mi hija para cuándo?

—¿Lo de su hija?

—Un hombre decente tiene responsabilidades. No quiero ver a mi hija pululando como una cualquiera.

No se acuerda de que estamos casados. Ignoro la absurda conversación y vuelvo a mi cuarto. Jugueteo con la pequeña cinta de vídeo. ¿Dónde estará esa niña? ¿Cómo será su vida? ¿Estará viva? Solo un desequilibrado podría abusar de una niña inocente. ¿Y si tío Paddy encontró al culpable y por eso le costó la vida? Si encontrase a la niña podría confesar y encontrar a ese monstruo. Tengo que hacerlo por la memoria de mi tío.

—¡Meg!

Salto de la silla.

—¿Qué haces ahí? —le grito a Tom del susto.

—La cena está preparada —su voz suena a disculpa.

—¿Cuánto tiempo llevas ahí?

—Acabo de llegar. ¿Qué pasa?

—Que tenías que haber tocado a la puerta en vez de entrar así.

—Nunca hubo secretos entre nosotros.

—Casi nunca —digo con resentimiento.

Tom está a punto de responder, pero prefiere ignorar mi comentario. Yo añado:

—Sabes que las cosas han cambiado.

—Lo sé. —Y baja la mirada—. También he venido por eso. ¿Cenamos? Te prometo que después me iré.

Le acompaño. Mi padre está ya sentado en el salón abriendo otra botella de vino.

—Este vino entra como el agua.

—Pero tardará un tiempo en salir —añado.

Tom se ríe de mi comentario.

—Sé lo que estás planeando —continúo—: quieres que nos quedemos solos.

Simplemente me sonríe. Me ofrece la silla como un

caballero y me siento. Mi padre me llena la copa. No digo nada. ¿A quién voy a engañar? Yo también necesito vino esta noche.

—Buen provecho. —Tom coloca cuidadosamente las piezas de pollo y la guarnición como si pintase un cuadro.

—¿No estabas esta semana de viaje, Tom?

—Tenía un par de presentaciones en Belfast para mañana. Las cancelé. Mi compañero de trabajo irá por mí. Me llamaron… y bueno, luego hablamos. —Tom no levanta la mirada del plato.

¿Quién lo llamó? Tom no cancelaría su trabajo por nadie. Es su pasión. Una pasión mucho más fuerte que nuestra relación. Doy un largo sorbo al vino.

Tom sigue hablando con mi padre como si no hubieran pasado los años. Es muy carismático y esto siempre me ha creado algo de inseguridad. Doy un sorbo más al vino.

—¡Papá!

Ha bebido más de la cuenta y no se sostiene en la mesa.

—Ya está, me cansé. —Le quito los cubiertos y le limpio la cara con una servilleta—. Te voy a llevar a la cama.

Tom se levanta y ayuda a papá.

—Y tú no le des más juego —digo irritada a Tom—. Se acabó la fiesta.

Tom no dice nada. Coge a papá de los brazos y lo lleva a la habitación de invitados. Le pone el pijama y lo mete en la cama mientras contesta a preguntas tontas de mi padre.

Estoy quieta delante de la puerta. ¿Qué siento por Tom? ¿Cariño? ¿Enfado? ¿Amor? ¿Rencor? No sé. Los sentimientos no son una ciencia exacta, más bien una brújula rota.

Cierra la puerta, se da la vuelta y me dice:

—Megan, tenemos que hablar. Me tienes que contar algo.

—¿Que tío Paddy ha muerto y la misa es mañana?

Tom niega con la cabeza suavemente.

—Eso ya lo sé. Es algo más importante.

39

Sábado, 14 de enero de 2006
Hora: 22.06

SON MÁS de las diez de la noche. Estamos sentados en la mesa del salón, oponente en contra de oponente. Nos quedamos mirando el uno al otro. El vino calienta mis venas y deja mi cabeza a la deriva. Hay una calma ficticia en el ambiente. Algo va a pasar, pero no sé el qué.

Este silencio tiene el sabor del preludio de una batalla.

—Tú dirás. —Doy permiso a Tom para que empiece su ataque.

Me mira y hace un gesto como de querer levantarse y no poder y luego relaja los músculos

—¿Cómo estás? —pregunta.

—Bien. ¿Era eso lo que querías saber?

—Tu tío ha fallecido.

—¿Es por eso por lo que has vuelto antes? No era mi intención romper tus planes.

Tom ignora mi comentario y continúa:

—Bueno, sé que estando fuera tendrías tu espacio…

—No lo haces por mí. Lo haces por ti. No necesito que estés en el funeral. Nadie notará tu ausencia.

Levanta la mirada.

—¿Estás segura?

—Nunca lo he estado tanto —miento—. ¿Qué quieres, que nos metamos en la máquina del tiempo y cerremos los ojos?

Me muerdo el labio y me da un dolor placentero.

—No, Megan, yo no quiero eso. Me voy a ir y te voy a dejar sola, pero necesito saber que estás bien.

Suspiro y accedo.

—¿Qué quieres saber?

—¿Cómo está tu padre?

Se me escapa una sonrisa torcida.

—Papá está viviendo una segunda adolescencia. Confunde a la gente como confunde los tiempos verbales. A veces me habla como si fuera mamá, y contigo, tú lo has visto. Se cree que todavía somos novios. Es feliz en su ignorancia. Es feliz —repito para convencerme.

—¿Y tu maratón?

—Bueno, ahí está. Por paradójico que suene, la muerte de mi tío me ha dado fuerzas para correr aún más.

—¿El funeral es mañana?

—Sí, pero no necesito tu ayuda si es lo que intentas decir. Katherine, la super mujer de negocios, se está encargando del papeleo y de que todo termine lo antes posible. Yo me encargo de guardar cajas y otros pormenores de la casa. Haz lo que quieras.

—¿Y estás bien?

—Estoy. Simplemente, estoy —respondo lánguida.

—¿Sí?

—Perdona, ¿a qué viene este interrogatorio?

—No sé, me preguntaba si tienes algo de ansiedad…

—Te digo que estoy bien —le corto.

Respiro hondo y termino la copa de vino.

—Tom, esta es la tercera vez que te pregunto a qué has venido. Tú apenas conocías a tío Paddy. Ya pasaba largas temporadas en Malasia cuando nos conocimos. Si sientes que tenías que cambiar tus planes de viaje por la muerte de mi tío, te puedo asegurar que no tenía ninguna expectativa. No tenías que haberte molestado.

—¿No esperas nada de mí?

Aparto la mirada.

—Dame tiempo.

Tom se levanta de la silla. Está de espaldas mirando a través de la ventana de la cocina. Se pone un vaso de agua y se lo bebe de un tirón. Golpea el vaso sobre la encimera y deja caer una bomba:

—La policía me ha contactado.

Abro la boca, pero no me salen las palabras. Tom se gira y la mirada me atraviesa el alma.

—¿Entiendes, Megan? La policía me ha contactado desde Belfast.

—¿La policía? ¿Por qué? —tartamudeo.

—Eso tienes que contármelo tú.

—Pero ¿por qué a ti? No entiendo.

—Megan, soy tu marido. Tú eres la señora Evans, te guste o no. ¿Me vas a contar que está pasando?

—No sé de qué me hablas.

—Megan, por favor —levanta aún más la voz—. Me han dicho que has estado llamando a la policía sobre la muerte de tu tío Paddy. Insistes en que a tu tío lo han asesinado. Pero ¿qué es esto?

Mi mirada se pierde en el suelo.

—¿Qué les has dicho?

—¿Qué les puedo decir? —Levanta las manos por encima de la cabeza.

—¿Qué te han dicho entonces?

—Me han hecho preguntas sobre nuestra situación. Tu historial médico. Tu aborto prematuro y qué sé yo qué otras chorradas. No me acuerdo bien. Me pilló de sorpresa.

—¿Por eso has venido?

—Sí, Megan, por eso he venido también.

—¿Cuándo te llamaron?

—Ayer por la tarde. Después de ignorar mis mensajes, pensaba dejarte tranquila y contactarte cuando volviera. Pero me sorprendió enterarme por la policía de que tu tío había fallecido.

—Bueno, tuve mis dudas y…

—No, no tienes que justificarte. Parece ser que a los dos nos gustan los secretos por igual.

—¿Qué les has dicho?

—Que en mi opinión estás bien, y que, simplemente, estamos pasando por una crisis marital temporal.

—Gracias —le digo con la voz quebrada.

—Pero sabes que ahora dudo de lo primero y que lo

segundo no es cierto. Este momento ha durado ya demasiado tiempo para los dos.

Sus ojos se tornan del color del cristal. Se da la vuelta y se pone otro vaso de agua.

—Ese vino me ha dado mucha sed.

—Está bien, Tom. Tú sabes cuánto quería a mi tío. Quizás no acepté su muerte cuando me lo dijeron. Me negué a creer que había muerto, así como así. Tampoco tenía con quién hablarlo. Tú sabes el muro que mi hermana ha creado entre nosotras durante estos años. Y, bueno, papá está, pero no está.

—Entiendo. —Asiente.

—Así que, aceptando las circunstancias, llevo ya unos días haciendo los preparativos.

Todo mi argumento suena plausible. Le he contado la verdad. No toda la verdad, pero no he mentido en lo que le he dicho.

—¿Y no hay nada más?

—No.

—¿Y por qué has ido a ese instituto?

Un puñetazo de adrenalina golpea mi estómago.

—¿Cómo? —mi voz no puede ocultar la sorpresa.

Se gira y clava la mirada en mis ojos. Estoy indefensa.

—La policía me dijo que fuiste a un instituto buscando información de una de sus alumnas. El director los contactó y esa fue la razón de que me contactasen a mí. —Tom aprieta fuerte los puños—. Una desconocida se presenta en el instituto preguntando por una menor y salta la alarma. Querían confirmar conmigo que eres una mujer estable. No sabía que ahora a ti te gustara el periodismo de investigación. Megan, ¿qué está pasando?

Me quedo sin palabras. Estúpida de mí.

—Nada, no está pasando nada —mi tono de voz se vuelve brusco.

—Megan, les he insistido en que estás perfectamente bien y que me hago responsable. Tengo que contactarles otra vez y asegurar que estás bien. Que estás pasando por un momento difícil. Muy triste, por supuesto, por la muerte de tu tío y que estás en proceso de aceptación. No tengo la menor duda.

De repente todo mi enfado se convierte en congoja.

—Tom, tienes que irte.

—¿Megan?

Levanto las manos en forma de muro. Las piernas me tiemblan. Me quedo sentada. Tom cruza los brazos.

—Tengo algo más antes de irme. Algo de nosotros.

—¿Alguna confesión por fin? —digo tragando mi congoja.

Se sienta y la tristeza envuelve el salón. Hay algo muy serio que está a punto de suceder y no sé si estoy preparada.

—He reflexionado y he hecho números —dice Tom.

—No entiendo.

—Hace seis meses que sufriste un aborto. En los últimos cinco meses he estado trabajando una media de cincuenta y dos horas semanales y trece viajes de trabajo. He estado ausente más de un mes.

—¿A qué viene tanto número?

Tom levanta la mano para que guarde silencio. Su sonrisa fácil murió el día en que murió nuestro bebé.

—Déjame decir lo que he venido a decir, por favor. —Tom reúne fuerzas y continúa—: Hace un par de meses preparé todo lo que tenía que preparar y llevo un tiempo reflexionando qué camino tomar. Este viaje me dio la respuesta.

—¿Reflexionar qué?

—Hace meses que sospechas de una infidelidad que no existe.

Clavos ardiendo se retuercen en mi estómago.

—Cuéntame algo que no sepa.

—Y llevas muchos meses que ya no eres mi mujer.

—¡Perdí a mi bebé, Tom!

—No. Perdimos a nuestro bebé —marca las dos últimas palabras—. Un accidente en el que yo fui también cómplice de tu sufrimiento, nuestro sufrimiento. El tiempo se paró para los dos e intenté ser paciente.

—No, no lo has sido.

Se calla y yo también me callo. Se abre un silencio tan grande como nuestra herida.

Tom abre la maleta y saca unos documentos.

—No estás, Megan. No lo has estado durante demasiado tiempo y la pérdida de nuestro bebé alimenta esa soledad. Recuerda que por mucho daño que te he hecho y tomo la responsabilidad de mi culpa, recuerda que este culpable también tuvo un cómplice: tú. —Y me señala con el dedo.

Tom recoge sus cosas y se dirige a la puerta principal. La abre y el frío se mezcla con la tristeza en un vacío sin sentido. El motor de su coche se aleja en la oscuridad de la noche y yo me quedo sola con mi castigo. Tom no pasará la noche en el sofá en casa.

Los cimientos de mi vida se desmoronan como arena de un desierto. Las presunciones que rodean mi existencia ya no son ciertas. Esta es la noche más oscura de mi vida. Y encima de la mesa del salón, donde pasamos tantas noches cenando y riendo, Tom ha dejado sus últimas palabras: los papeles de separación.

40

Sábado, 14 de enero de 2006
Hora: 22.37

ABRO LOS OJOS, pero los papeles de la separación siguen ahí junto con los platos sucios de la cena. Trago saliva y una negación patética se convierte en una triste realidad.

Del techo cuelga la lámpara de cobre que cae a menos de un metro del centro de la mesa del salón e ilumina el documento. Me inclino hacia adelante y la luz también me ilumina a mí. Parece un gran foco de luz en un teatro durante la escena más importante de la función. Todo alrededor es oscuridad. La actriz se halla sola en el escenario y el público la observa expectante.

Paso los dedos por las páginas y al leer el nombre de Tom y el mío, mis dedos tiemblan. Me acerco el documento a la cara y respiro hondo. Rozo con la yema de los dedos la letra impresa. La tinta es fresca. Paso las páginas rápidamente y aspiro el olor que desprenden las hojas en movimiento. Huele a papel recién impreso.

¿Lleva Tom meses preparando la separación?

Una rabia en el estómago es gasolina a punto de encenderse. Arrojo los papeles con todas mis fuerzas, pero no llegan muy lejos y se columpian dispersos en el aire para deslizarse lentamente sobre la alfombra. Abro la boca, pero no puedo gritar. En el suelo reposa un manual de instrucciones para mi nueva vida.

Aprieto los dientes, estrujo los puños y golpeo el suelo. Te odio, Tom. Mi cuerpo se tensa. Agarroto todos y cada uno de mis músculos, del más pequeño al más grande, y no respiro. La sangre golpea mis sienes y produce un zumbido de abejas. El corazón palpita cada vez más despacio. La visión se cierra como un túnel sin luz al fondo, y un ligero mareo me aleja de la realidad. Cierro los ojos. Un hormigueo se expande por los poros de mi piel y afloja el alma.

¿Será lo mejor para los dos?

Sí.

No.

No lo sé.

Mi cuerpo protesta en busca de aire. Toso fuerte. Aferro mi mano al corazón y entre jadeos doy un largo respiro. Y vuelvo a respirar otra vez. Y otra vez. Y con cada golpe de aire me acerco más a la respuesta. Y la respuesta es que sí, que será lo mejor para los dos. Me levanto y me aparto de la lámpara. Mi mano se desploma y una lágrima incontrolada resbala cobarde y mancha una de las hojas del documento.

Cae el telón, y yo con él.

No tengo otra alternativa. Sé lo que tengo que hacer.

Me pongo mis mallas, el cárdigan y las zapatillas. Papá sigue durmiendo. Salgo de casa y la noche es fría y el frío es oscuro. Corro en la soledad de la noche. La sangre vuelve a tener vida y calienta los músculos. Paso por el cementerio y paro unos segundos. Allí está Amy. Muerta. Mi estómago se enrosca en asco y culpa. Sigo corriendo como si correr me ayudara a escapar. Como si correr me ayudara a volver atrás en el pasado. Y llego a la comisaría. Me doy un par de minutos para recuperar el aliento y entro.

Una mujer pequeña de unos cincuenta y tantos años con un pelo corto y blanco pasa aburrida las hojas de una revista dominical bajo la luz de una docena de tubos fluorescentes.

—Quisiera hablar con el oficial Jones.

Mis palabras salen disparadas de mi boca; el mensaje que tengo preparado es una bomba: a mí tío lo asesinaron y tengo pruebas que lo demuestran. Apoyo los puños en el mostrador, me inclino unos centímetros hacia adelante y concentro la mirada en la mujer policía esperando una respuesta afirmativa.

La mujer me examina de arriba abajo como midiendo las consecuencias de un posible ataque, y dice con voz marcada:

—Primero, buenas noches. Soy la agente Daniella Collins. Segundo, el oficial Jones no está de servicio. Es muy tarde; ¿puedo ayudarla yo en algo?

—¿Podría hablar con alguien de mi tío Paddy? —insisto.

—Podría hablar conmigo. ¿Quién es su tío Paddy? —Su mirada es inquisitiva.

—Patrick Brady. Lo encontraron sin vida dentro de su coche este domingo.

—¿Y usted es la sobrina?

Asiento. Bajo las manos y dejo caer los hombros.

La policía cierra la revista, da la vuelta al mostrador y se acerca a mí. Pone una mano sobre mi brazo:

—Está usted empapada en sudor. Va a pillar una pulmonía. Siéntese.

Obedezco y la mujer continúa:

—Le traigo una toalla. ¿Quiere beber algo? ¿Un té caliente?

—Agua, agua me irá bien. —Intento justificar mi estado—: Me estoy preparando para el maratón de Steyning.

—Hace usted bien. Se mantiene en forma. A mí también me gustaba correr cuando era joven. —Levanta la barbilla y continúa—: Hice varias maratones en mi juventud. —Saca una toalla de un armario contiguo y toma un vaso de plástico del tanque de agua—. ¿Fría o normal?

—Fría, fría.

Hace un pequeño resoplido y pulsa el dispensador de agua fría.

—¿No es usted muy joven para tener ya sofocos? —Y me pasa el vaso.

—No son sofocos, son más bien fuegos artificiales. —Termino el agua y me quedo pensando—. ¿Afectan los sofocos a la memoria?

La mujer policía cierra la mano y la apoya en su mejilla evaluando una respuesta.

—El estrés sí. Por ejemplo, el trauma de una violación puede provocar lagunas de memoria en la mujer agredida. Incluso cuando es un intento fallido de violación. Afortunadamente, no hemos tenido ningún caso en los últimos años. Somos una comisaría muy pequeña. —Se sienta a mi lado y continúa—: Pero ¿usted no ha venido para hablar de agresiones sexuales?

Mi estómago se retuerce como si se hubiera tragado una serpiente. Tengo los síntomas claros de un *déjà vu*. ¿Sensación de haber vivido esta situación antes? Sí. ¿Desorden en la memoria? También. ¿Recuerdo de sentimientos intensos? Intensos y negativos. Siento como si estuviera dentro de la película *Matrix*, donde todo es una mentira y el *déjà vu* es un fallo en el sistema y una señal de advertencia a un peligro inminente.

Me cobijo dentro de la toalla y miro al suelo.

—Tengo información que quisiera pasar al oficial Jones.

—¿Qué tipo de información?

—Información de la muerte de mi tío.

La mujer policía coge el vaso vacío de mi mano, lo deja en el mostrador y se acerca un poco más.

Su voz es un susurro:

—¿Contactó con la funeraria?

—Sí, el funeral es mañana.

—¿Mañana es domingo?

—Es una misa católica.

—Entiendo. ¿Y lo tiene todo preparado?

—Mi hermana se ha encargado del papeleo. ¿Cuándo podría hablar con el oficial Jones?

—Me estaba contando sobre la información de la muerte de su tío. ¿Qué tipo de información?

—Información confidencial de la muerte de mi tío —repito y la miro—. ¿Me va a decir dónde está el oficial Jones?

Mi pregunta es impaciente y toca la grosería. Me muerdo el labio inferior como si me autocastigase por mi impertinencia.

Sus labios forman una sonrisa que se desinfla y se queda a mitad de camino.

—Le he dicho que el oficial Jones no está de servicio.

—¿Y alguien que lleve el caso?

—Nadie lleva el caso. —Parpadea nerviosa—. No hay caso. Si me dice de qué se trata, tal vez, podría ayudarla…

Me levanto de un salto y la toalla cae a mis pies.

—¿Está el caso archivado?

—Señora Evans, nosotros tratamos con casos criminales, no civiles. ¿Si quisiera decirme de qué se trata?

—Ya se lo he dicho, se trata de mi tío Paddy.

—Tenga.

Me pasa un pañuelo de papel. Ni me he dado cuenta de que unas lágrimas cruzan mis mejillas.

—Tengo pruebas de que a mi tío lo asesinaron.

Tardo unos segundos en tomar conciencia de mis palabras. No sé si las he dicho en voz alta o simplemente las pensé hasta que la mujer policía reacciona a mi llamada de socorro:

—¿Es usted consciente de lo que me está diciendo?

Afirmo varias veces para luego negar con la cabeza:

—Yo ya no soy consciente de nada, si le soy sincera.

—¿Asesinado? —repite en eco.

—No sé ya qué pensar.

La mujer policía me retira el flequillo y me levanta la barbilla.

—Mire, me estaba diciendo que la misa es mañana —asiento—. Vaya a casa. Intente dormir y yo le paso el mensaje al oficial Jones. ¿De acuerdo? —Me vuelve a mirar y repite—: ¿De acuerdo?

Asiento levemente.

—Le llamo a un taxi.

—No. Vivo en la zona. Iré corriendo.

—¿Está usted en condiciones de correr?

—Es de lo único que estoy en condiciones. Correr me relaja.

41

Domingo, 15 de enero de 2006
Hora: 00.11

Abro la puerta de casa; desde la habitación de los invitados, los plácidos ronquidos de papá llenan el vacío. Ni una bomba lo despertaría. Guardo en una bolsa del supermercado la videocámara y en otra bolsa meto la cinta de vídeo con las fotos de las niñas en el lago. La forro con tanta cinta adhesiva que el oficial Jones tendrá que utilizar tenazas para abrir el paquete. Subo las escaleras y entro a mi habitación. Después de darme una ducha, preparo la ropa para mañana y la dejo encima del sillón: pantalones negros combinados con jersey negro. Pongo al lado, la carta de despedida a tío Paddy que leeré en la misa mañana. Mañana todo habrá terminado. Y cuando todo termine, buscaré fuera de aquí una nueva vida.

Mi estómago ruge. Bajo a la cocina y abro el frigorífico. Hay pollo que ha sobrado de la cena, y en la encimera hay una tercera botella de vino abierta y casi entera que trajo Tom. Me sirvo una copa y devoro el resto del pollo. En el suelo siguen los papeles de separación. Respiro hondo y siento agujas pinchándome en los pulmones.

Llamo a Tom. Descuelgan el teléfono, pero no hay respuesta.

—¿Tom?, ¿estás ahí? —pregunto.

Después de varios segundos de silencio, escucho mi nombre:

—Megan —la voz de Tom es lenta y pastosa, pero sube de intensidad—. ¿Megan, eres tú? ¿Pasa algo?

—No.

—¿No? —repite confuso.

—Quiero preguntarte algo.

Tom lanza un resoplido.

—¿Y no puedes esperar al lunes?

—Ni siquiera puedo esperar a mañana.

Su silencio me hace pensar en el pasado. ¿Cuál fue el primero de los errores que marcó el principio de nuestro final?

—Tú dirás —responde Tom.

—¿Te acuerdas de cuando íbamos de *camping* hace unos años?

—Me acuerdo.

Respiro hondo.

—¿Cómo sería tu bosque ideal?

—Megan, ¿de qué estás hablando?

Ya no me llama Meg.

—Tu bosque ideal —insisto.

—¿Sabes la hora que es?

—Solo te pido que describas tu bosque ideal. Necesito saberlo.

Mi voz es apresurada, pero la demora al otro lado de la línea me dice que Tom está pensando en alguna excusa para no participar en este juego. Cojo la botella de vino, lleno otra copa y riego mis penas.

—Tom, no debería haberte llamado. Yo…

Vuelve su voz:

—¿Mi bosque ideal? —pregunta.

—Sí. Ese bosque con el que sueñas.

—Ya no sueño, Megan. —Un largo silencio se convierte en pena que encoge mi corazón—. Mi bosque está lleno de árboles de diferentes alturas y tamaños conviviendo en grupos.

—¿Cómo en una familia feliz?

—Como en familias felices —acentúa el plural de cada palabra para luego hacer una pequeña pausa—. ¿No suena absurdo?

—Para mí tiene sentido. ¿Es de día o de noche?

—Megan, ¿estás bebiendo?

Me pongo el inalámbrico en la oreja mientras me sirvo otra copa de vino. De la media docena de veces que habré bebido en los últimos meses, tres de ellas han ocurrido esta semana. Levanto la copa al contraluz y exagero una mueca teatral con lo que es evidente.

—¿Importa eso? —confirmo más que pregunto.

—Importa que estés bien.

—Déjame estar. —Doy un trago—. ¿Día o noche?

—Hay una luz intensa de la mañana.

—¿Y el sendero?

—¿Qué sendero?

—Por donde caminas.

—Hm... En ese sendero has estado tú. Es un camino recto, definido, sin grandes piedras.

Bebo la copa de una vez. Un brindis por el sendero. El estómago se llena de alcohol que anestesia las penas.

—Ahora tienes un gran problema. Te encuentras con un oso.

—¿Un oso? —Tom empieza a reírse. No es una risa de alegría, es más bien una risa melancólica. Una risa pintada en nostalgia—. Es un oso amoroso. ¿Te acuerdas de esa serie de dibujos animados? La veía con mis hermanas cuando era un niño. Me encantaba.

—¿Un oso amoroso? —digo con sorpresa.

—Cada uno tenía un símbolo diferente en la barriga con un poder especial: amor, alegría, ternura…

¿Es así como Tom ve sus problemas?

—¿Y la vasija?

—No has mencionado ninguna vasija. Pero puestos a fantasear, te diría que la vasija sería de oro y plata, grande y cara.

—Siempre tuviste buena relación con tu familia y tus hermanas pequeñas.

—Sí, son adorables. Me preguntan por ti. ¿Qué tiene que ver eso con una vasija y unos osos?

Según Sophie, tiene mucho que ver.

—¿Y la casa? —pregunto.

La voz de Tom se corta y solo escucho su respiración desde la otra línea. La cabeza me da vueltas.

—¿Tom? —Busco su voz.

—Megan, creo que he respondido ya a muchas preguntas. Necesito dormir.

No. Yo sé lo que necesitas. Necesitas poner tierra entre nosotros, pero todavía me echas de menos. Ahora soy yo la que no responde.

—Megan, escúchame.

—No te molesto más —le corto, pero Tom insiste:

—Quédate en casa todo el tiempo que necesites. No tengo prisa por venderla.

—Tom, tengo que dejarte.

—Lo sé, yo también.

La llamada termina y mi corazón cae al suelo y se revuelve entre los papeles de la separación. Termino la botella mientras decido si recoger las hojas del suelo o ir directamente a la cama. Tocan a la puerta. Alguien habrá visto la luz de la cocina encendida. Trato de levantarme, pero no puedo. Intento centrar la mirada, pero el alcohol está ganando la batalla. ¿Osos amorosos? Empiezo a reírme yo sola. Me pongo de pie. La risa tonta continúa. Vuelven a tocar a la puerta. ¿Será Tom? Siento un latido que tropieza con el otro y así hasta que mi corazón se acelera como un motor en propulsión, pero lo único que consigo es hiperventilar mis sentidos con más alcohol y el mareo es más fuerte. Me acerco a la puerta y de mi boca balbuceo:

—¿Sí?

—Buenas noches. Soy el agente Martin Wilson. ¿Puedo hablar con la señora Evans?

No abro. Miro a través del cristal de la ventana. Es la policía.

—¿Qué pasa?

—No pasa nada. Será solo un momento. ¿Puede abrir la puerta, por favor?

¿Estoy soñando? Abro lentamente. Intento erguir la espalda y borrar la sonrisa tonta de mi cara. Un policía rechoncho y de cara redonda se quita la gorra y dice:

—¿Señora Evans? ¿Está usted bien?

—¿Qué desea? Va a despertar a mi padre.

Ni una bomba despertaría a papá. Pero me entra otra vez una risa tonta. Una risa incontrolable, absurda. He visto a la policía esta semana más veces de las que la he visto por la tele en el último año. El policía acerca la mano a mi brazo.

—¿Ha estado bebiendo?

Aparto el brazo de su mano y me apoyo en el marco de la puerta.

—Estoy en mi casa.

—Bueno, he visto la luz encendida. Mi compañera, la agente Collins, me pidió que pasara. —Sus ojos se entrecierran—. Siento mucho lo de su tío. ¿Está usted sola?

—¿No le he dicho que mi padre está en casa?

—Sí. —Su voz baja varios tonos—: También nos dijo que tenía cierta información sobre la muerte de su tío Patrick. Usted lo llamó 'asesinato'.

Aprieto más fuerte el marco de la puerta. La barriga se me hincha y la boca se me llena de agua. Levanto la barbilla como si así amortiguara la pesadez en mi estómago.

—Sí, es cierto —respondo.

—¿Quiere que tomemos nota?

—¿Y el oficial Jones?

—No está de servicio. Puedo encargarme de ello, si coopera.

No me gusta su comentario.

—La misa es mañana. Mañana. Mañana es, pues —mis palabras no tienen mucha coherencia.

—Entiendo. ¿Qué pruebas tiene? —el policía insiste. Sostiene un bolígrafo y un bloc de notas.

—Mi imaginación y una cinta de vídeo. Una imaginación muy viva —repito.

—¿Puede explicarse? ¿Una cinta de vídeo?

Los borrachos siempre dicen la verdad y yo no soy una excepción. Ya no tengo ganas de reír.

—Digo que la imaginación pasa por mi cabeza como una cinta de vídeo —rectifico. Pongo la mano en la boca sin estar segura de si es para contener una arcada o para tapar una mentira.

—Pero se le comunicó que su tío murió de un ataque de asma…

—¿Estaba usted allí?

—¿Perdón?

Levanto la mano izquierda como pidiendo disculpas y prefiero no decir más. Todo me da vueltas. El policía me mira con lástima y cierra el bloc de notas.

—Mejor esperamos al lunes después de la misa —dice—. Intente descansar. Siento haberla molestado a estas horas.

Se da la vuelta y se va. Acelero el paso hasta el baño. Las náuseas se remueven en el estómago como cataratas. Agarro la taza del váter y vomito varias veces: el pollo, el vino y mi miseria.

42

Domingo, 15 de enero de 2006
Hora: 07.11

—Tu marido quiere saber con quién te acostabas.

Me acerco a la lápida de Amy y limpio con la mano unas hojas secas. Junto a la tumba, unos árboles desnudos entrecruzan sus ramas como si se abrazaran. Es temprano y en el cielo no hay ni sol ni luna, solo un manto de nubes grises.

—Esta mañana al despertarme tuve un fuerte deseo de venir a verte. —Contemplo el nombre de Amy esculpido en la lápida de mármol blanco—. Y cuando venía hasta aquí, vi encendida la luz de tu casa. Tu marido se ha convertido en sonámbulo como yo. —Hago una pausa—. Revisó tu diario de trabajo y encontró un cambio de fecha en tu última reunión en Londres. Cree que fue una aventura.

Una corriente de frío provoca un temblor en mi cuerpo. He olvidado los guantes. Soplo aire caliente a las palmas de mis manos y el olor a muerte se mezcla con el olor a invierno.

—Nosotras sabemos que pospusiste tu reunión de trabajo por otra razón. Una razón más importante que ver a un amante.

Me siento en el viejo banco de madera y me acurruco en una esquina. Mis pensamientos vuelan al pasado. Amy hubiera preferido hacer su última reunión de negocios ese miércoles. De esa manera hubiera tenido más tiempo para preparar su escapada a Francia como ella lo llamaba. Tuvo que hacer un cambio de última hora que le costó la vida.

Los días que siguieron a la muerte de Amy fueron terribles. Oliver estaba en *shock* y su hijo era demasiado pequeño para entender que su madre no volvería a casa. Una semana después hice la misma ruta que Amy había hecho aquel jueves por la mañana. Tomé el autobús hasta la estación de Brighton y de allí el tren en dirección a Londres. Cuando llegué a Londres, entré en el metro de la estación de Victoria y me quedé sentada en uno de los bancos. En ese andén murió Amy. No sabía si sentir rabia, culpabilidad o pena. Solo tenía un profundo *shock*. Un enjambre de gente llegaba y se iba como si aquella tragedia nunca hubiera pasado. Miré el reloj. Eran pasadas las nueve y media y justo a esa hora Amy estaba de pie esperando a que las puertas del metro se abrieran, haciendo malabares para entrar al vagón, sin saber que allí le esperaba su final. No hubo dolor. Su muerte fue instantánea.

—¿Quieres que le cuente a Oliver la verdad de tu muerte?

La mañana del miércoles, Amy llegó a casa para dejar a su hijo de camino a Londres. Cuando tocó a la puerta, abrí y le di una bofetada. Ahora Amy sabía que yo había descubierto su secreto. Se quedó quieta unos segundos tocándose la mejilla. Mi mano palpitaba y el hormigueo se extendía por todo el brazo. El silencio se rompió con los lloros de su hijo. Pasé la mano por mi vientre haciendo pequeños círculos. Amy entró sin que yo le diera permiso y cerró la puerta. El niño seguía llorando y ella se agachó para calmarlo. Aparentaba estar serena y eso era leña para mi furia. Le dio un beso a su hijo y le dedicó una sonrisa maternal. Le dije que saliese de casa, pero me ignoró y siguió tranquilizando a su hijo. Algo se retorció en mi pecho. Algo feo y oscuro. Algo que nunca pensé que existiese en mí. Segundos más tarde, se incorporó y miró a través de las cortinas de la ventana cómo Oliver salía de casa y cogía el coche. Intenté abrir la puerta, pero Amy me paró e intentó calmarme, que la escuchara, pero yo no quería escuchar mentiras. Su aparente serenidad se resquebrajó y sus ojos rebosaban lágrimas de desesperación. Negó cualquier acusación. A mí me daba igual. Ese miércoles iba dispuesta a decirle a su marido que tenía razones para creer que la puta de su mujer se acostaba con el mío.

Aprieto los dientes y mi labio superior palpita nervioso. La mandíbula me duele. Ahora me pregunto cómo estaba tan segura de que Amy mentía. ¿Mentía? Claro que mentía. Los mensajes al móvil de Tom eran obvios. El tiempo que pasaban juntos. La complicidad. Tom y Amy tramaban algo. Me rasco la nariz y trago saliva. Relajo la mandíbula y dejo escapar mi rabia en forma de vapor que se confunde con el frío y desaparece. ¿Y si Amy decía la verdad? Que no había nada entre ella y Tom. ¿Por qué tenía entonces tanto miedo de que hablara con Oliver? Esa mañana los ojos de Amy escondían miedo. Miedo de que hablara con su marido. ¿Por qué? Una punzada de ansiedad atraviesa mi espalda como una descarga eléctrica y me devuelve a la realidad.

Los rayos tímidos de sol rompen el manto de nubes. Detrás de la verja del cementerio, un jardinero rastrilla las hojas secas y limpia la calle. Pongo la mano en mi vientre. Presiono las yemas de los dedos con suavidad y hago un pequeño círculo en el sentido de las agujas del reloj. Y luego otro. De derecha a izquierda. Y continúo. Círculos casi perfectos. Tarareo una canción de cuna, pero la congoja no me deja. Mi vientre está vacío. La mañana de aquel miércoles, un charco de sangre cubría mis pies. Antes de llegar al hospital ya había perdido a mi bebé.

Al día siguiente, Amy muere en el ataque terrorista de Londres y yo entro en un síndrome postaborto. Nunca le conté a Tom de mi encuentro con Amy. Ya no había motivos de celos. Pero los celos pasaron al resentimiento. Y ahora el resentimiento se evapora y un puño estruja mi pecho sin misericordia y mi corazón se llena de culpa. Culpa por un pasado que no puedo cambiar.

Es hora de irme.

—Querida Amy, espero que puedas perdonarme.

43

Domingo, 15 de enero de 2006
Hora: 07.53

Apoyo la mano en el banco y me incorporo. El jardinero me observa. Mi corazón corre por mi pecho haciendo un maratón. Nos conocemos. Sé lo que ha hecho. Baja la mirada y continúa andando hacia el cobertizo. Aumento el ritmo de mis pasos. Él se da cuenta y empieza a trotar torpemente.

—Sé quién eres.

El jardinero se gira. Su rostro son dos ojos de niño ligeramente rasgados sobre las facciones de un adulto. Su lengua cae hinchada sobre su labio inferior dándole una expresión de un hombre ahorcado. Yo le grito:

—¡No te servirá de nada esconderte!

¿Por qué merodeaba por casa? ¿Y qué hacía mi reloj roto en la puerta? Corro detrás de él. El jardinero entra en el cobertizo y cierra la puerta. Golpeo la madera vieja y pequeñas astillas se me clavan en el puño.

Golpeo como si la vida me fuera en ello. Y cuanto más golpeo, más segura estoy de que ese pervertido está implicado en la muerte de tío Paddy. Mi corazón corre desesperado por mi pecho hasta mi garganta y mis palabras se amontonan en mi boca:

—La policía lo sabe.

No se oye nada. Le doy una patada a la puerta y caigo exhausta. ¿De quién huía tío Paddy la noche del domingo? ¿Quién es la niña de la cámara de vídeo? ¿Dio tío Paddy su vida por salvar a una inocente?

—Me vas a contar qué es lo que pasó.

La fuerza de mi voz muere y apenas puedo escuchar mis propias palabras. ¿Alguna vez sabré la verdad? Estoy sola. Solo hay hojas secas y lápidas agrietadas. Nadie sabe que estoy aquí. Un pánico secciona mi corazón con un bisturí y mi mundo cae a trozos. La fuerza de la gravedad me hace perder el equilibrio. Debo irme. Tenso las piernas; al apoyarme en la puerta una astilla pincha la palma de mi mano y una gota de sangre corre hasta mi muñeca y cae en la tierra húmeda. Extraigo la astilla y el dolor me da vida.

Desde el otro lado de la puerta, el jardinero gimotea como un niño. La puerta hace un clic. La misma astilla se clava en mi corazón y corta la respiración. Mis piernas están preparadas para huir. El pequeño Shrek entreabre la puerta.

—No… —apenas le sale la voz—. Lo siento, lo siento —repite entre balbuceos.

¿Es una trampa? Doy un paso atrás y contemplo la escena. El jardinero se pone las manos gastadas y sucias en la cara y llora. Llora como un niño. De su boca cuelga una lengua hinchada que tiembla y un hilo de baba gotea sobre su peto de trabajo. ¿Siento pena o asco?

—¿Por qué trajiste el reloj a mi casa?

El jardinero se tapa los ojos con las manos llenas de tierra seca.

—¿Por qué? —insisto.

—Lo encontré… —responde con voz gangosa.

—¿En mitad de la noche?

—Yo…, yo te vi correr.

—¿Y sabes quién soy?

El jardinero se quita las manos de los ojos. Están hinchados y achinados. Tiene las mejillas llenas de tierra.

—La sobrina del señor Brady.

Inclina la cabeza y levanta las pupilas hacia mí. Cuento las emociones que brillan en sus ojos: miedo, confusión, inocencia. Respiro profundamente y mis pulmones se llenan de moho, metal y tierra húmeda. Saco un pañuelo del bolso y extiendo el brazo. El jardinero coge despacio el pañuelo y se lo pasa torpemente por la cara. Mantengo la distancia y, con tono serio, insisto:

—Dime qué pasó.

—Corrías, corrías mucho. Muy rápido. Eres muy rápida. —Esboza una sonrisa boba y absorbe por la nariz.

—Continúa.

—Estaba quieto, en la valla, cogiendo las herramientas de podar.

—¿Qué paso con mi reloj?

—Se cayó y lo cogí.

—¿Y por qué no me lo devolviste?

Me mira sin entender.

—Te lo devolví.

—¿Cuándo?

—En la puerta.

—¿A ti no te enseñaron a tocar a la puerta?

Baja la mirada. Se limpia la cara con la manga de la camisa. Su cabeza está inmóvil mirando sus botas llenas de barro mientras da golpes con el pie derecho en el suelo.

—Te he hecho una pregunta. Responde.

El sonido se hace más seguido e intenso. Su torso se mueve hacia adelante y hacia atrás nervioso.

—No —responde sin sentido.

—¿No qué?

—Miedo. Mucho miedo.

—¿Miedo? —Mis ojos se entrecierran buscando una respuesta clara—. ¿Miedo de qué? ¿De quién?

Sus movimientos se hacen más intensos.

—Quiero irme.

Lo miro de arriba abajo sin saber muy bien qué decir o hacer. Acerco la mano, pero paro a medio camino.

—Sí. Puedes irte —mi voz está cargada de disculpas.

—No quiero policía.

Suspiro y lo miro durante unos segundos. Este pobre desgraciado no podría hacer daño a una mosca, aunque quisiera.

—No habrá policía —repito y niego también con la

cabeza para dejar el mensaje más claro—. Vete si quieres. Yo también tengo que irme.

La noche del domingo sufrí un sofoco horrible mientras corría. El primer sofoco de mi vida. Mis hormonas me traicionaron y mi cuerpo era fuego vivo. Tuve miedo y corrí aún más rápido para llegar a casa, pero cuanto más corría, más intenso era el sofoco y más miedo tenía. Al llegar a casa, tuve una fuerte discusión con Tom. El estrés y el miedo seguían latentes. ¿Qué le importaba a Tom que corriese? Terminé tan exhausta que me perdí en mis propios sueños y no desperté hasta la mañana siguiente.

Mi vecina Margie confirmó el estado en el que llegué a casa. Recuerdo haber tenido miedo y también recuerdo haber tenido una fuerte discusión. Pero no recuerdo los detalles. Corrí demasiadas millas a una velocidad a la que no estoy acostumbrada y el sofoco fue muy intenso. Mi cuerpo colapsó. Todo era obvio: un fuerte sofoco que podía tumbar a un elefante y otra de las muchas discusiones con Tom.

Pero hay algo más relacionado con aquella noche. Mi tío muere y mi reloj roto marca las 18.47.

¿Discutí realmente con Tom? ¿Fue el sofoco el origen de mi miedo?

Si la discusión no la tuve con Tom y el motivo de mi miedo no fue el sofoco. ¿Con quién discutí la noche del domingo y de qué tuve realmente miedo?

44

Domingo, 15 de enero de 2006
Hora: 09.38

La iglesia se rodea de incienso, figuras religiosas y sombras. Sombras débiles que mezclan la luz y la oscuridad sin una delimitación clara que el ojo humano pueda percibir dónde empieza la luz y dónde termina la oscuridad. Y atrapada en esa penumbra, me encuentro sentada en la primera fila con la espalda recta; papá está a mi lado. Encima del altar, cuelga de una cruz Jesucristo. Sus ojos me miran tristes. Agarro fuerte la carta de despedida y la vieja foto de familia que encontré en casa de tío Paddy. Debajo del altar reposa el féretro cubierto con una tela blanca, una cruz bordada en rojo y una biblia gastada. En veinte minutos empieza la misa. No espero mucha gente. Una hora más tarde estaremos en el cementerio y después del entierro todo habrá terminado.

—Quiero devolverle esta foto a tío Paddy —le digo a

papá.

Papá se pone las gafas y pasa el dedo índice por la foto de izquierda a derecha y para unos segundos en cada miembro: mamá, Katherine, tío Paddy y yo. El último día del campamento de verano de 1980. Papá estaba de viaje y mamá nos recogió. No hubo más campamentos después. Tío Paddy se mudó a Malasia y solo vino en contadas ocasiones. Katherine perdió el contacto con tío Paddy. Yo lo mantuve. Cuando mamá falleció, sus visitas se hicieron más frecuentes. Luego regresó para quedarse permanentemente.

—Tío Paddy está muy joven —dice papá.

El peso de la tristeza invade mi corazón.

—Sí, es verdad —respondo.

Tío Paddy era fuerte y delgado y muy apreciado en la comunidad por su labor con los jóvenes. Tenía el carisma y la energía para mover el mundo. Por desgracia, la semilla del catolicismo no floreció en esta parte del país.

—Y tú estás muy guapa —continúa papá.

—No tanto como Katherine.

Papá ignora mi comentario. Paso la mano por su brazo y descanso la cabeza sobre su hombro como si volviera a tener diez años.

—Y Megan también —dice pensativo.

—¿Megan? —mi voz delata mi sorpresa. Reflexiono unos segundos y repito—: Y Katherine también.

—Katherine…

—Tu hija Katherine —confirmo con la voz e insisto con los ojos.

La expresión distraída de su rostro se retuerce en

una mirada de desprecio y de su boca escupe:

—Esa mal criada —su voz parece lija raspando las heridas.

Miro a los lados con vergüenza. Estamos solos. Trago saliva, tomo distancia y riño a papá:

—No se habla así de Katherine.

La mandíbula de papá tiembla y sus arrugas se hacen más profundas por momentos. El silencio se mezcla con la oscuridad de la iglesia y se hace irrespirable. Me devuelve la foto con la mirada clavada en el féretro de tío Paddy.

—¿Cómo quieres que hable de ella? Cuando tu hermano me lo contó, no pude creerlo. Tan inteligente y tan retrasadamente tonta al mismo tiempo.

Un golpe de adrenalina acelera mi pulso. Papá me confunde con mamá. ¿Qué error cometió Katherine? La versión oficial fue que Katherine se trasladó a Irlanda a estudiar muy joven. Le fue tan bien, que se convirtió en la mujer de negocios que es hoy. Siempre justifiqué el rechazo de Katherine hacia tío Paddy por puros celos infantiles. ¿Es el rencor que tiene Katherine hacia tío Paddy fundado en una traición? ¿Qué hizo Katherine que yo nunca supe? Agarro mi corazón y juego a ser mamá:

—Sigue siendo nuestra hija.

—Esa no es la forma en la que educamos a nuestras hijas y lo sabes.

Levanta la mirada y la clava en mí.

—No me dijiste nada y tuve que enterarme por tu hermano.

¿Enterarse de qué?

—Lo siento. No está bien —le sigo el juego.

—¿Qué no está bien? —Papá aprieta los puños y los mueve en el aire de forma caótica. Sus palabras salen de su boca en propulsión—. Es una vergüenza. Una mancha a esta familia.

La temperatura de mi cuerpo sube por momentos.

—Lo siento —me atrevo a decir, y mi voz tiembla—. ¿Qué es lo mejor para Katherine?

Papá se agarra al borde del banco y aprieta fuerte. Su mirada está clavada en el féretro de tío Paddy. No se atreve a mirarme, no se atreve a mirar a su mujer. Sus palabras son un susurro, un pequeño secreto que solo lo compartes una vez en tu vida:

—Tu hermano lo ha organizado todo —la vergüenza y la rabia se mezclan en su voz—. Una vez que Katherine llegue a Irlanda, dará el bebé en adopción.

Las palabras de papá desgarran mi pecho, arañan mi corazón y queman mi piel con fuego frío. Quiero negar lo que estoy escuchando, quiero creer que mi cerebro se lo está imaginando o que papá se lo ha inventado. Katherine solo tenía trece años. Sería incapaz de hacer algo así. Intento volver en mí. Respiro hondo pero mis pulmones son cemento. Es la primera vez que todo empieza a tener más sentido, aunque la forma que está tomando, es demasiado retorcida.

Me quedaré la foto.

—¿Cómo se encuentran?

El padre Jonathan se acerca a nosotros y nos muestra la sonrisa habitual que un cura le dedica a la familia del fallecido el día del funeral.

45

Domingo, 15 de enero de 2006
Hora: 09.55

UNOS TACONES HACEN eco sobre el frío suelo de la iglesia. Katherine rompe la penumbra y atraviesa la hilera de bancos de madera de caoba cargados de biblias. Su andar es elegante, más arrogante que seguro y, sin duda, con un toque burlón.

—Aquí estoy.

Se quita el abrigo con la energía de una mujer que se ha construido así misma. Lleva un vestido recto, entallado y sin mangas a juego con su larga melena negra. Su cara es todavía más radiante y sus ojos más azules. Pasa la palma de la mano de arriba abajo sobre la cara de papá, como si estuviera ciego.

—¿Papá está bien?

Papá levanta la cabeza hacia Katherine con la mirada tan vacía como su memoria. No la reconoce. Katherine ya no tiene trece años.

¿Qué pasó con el bebé? ¿Quién es el padre? ¿Fue forzado? Mi corazón late como un tanque cuesta arriba. ¿A quién conoció Katherine en el último campamento de verano? Solo era un campamento de chicas.

No puedo mirar a mi hermana a los ojos.

—Estamos —respondo con una fingida voz neutral. Me rasco la mejilla y noto que he tenido todo el tiempo estrujada en la mano la carta de despedida a tío Paddy.

—¿Y Tom? —pregunta.

—No está —respondo en seco con la expresión de *no me preguntes por qué*.

Katherine se sienta a mi lado, pone su bolso de piel con forma de media luna entre nosotras y mira la hora. La iglesia sigue vacía y papá sigue callado. Pongo la mano en su pierna. Katherine mira el féretro. Juega con los restos de pintura que tiene entre las uñas y da un profundo respiro que roza la frustración. Acerco la mano para tocar a Katherine, pero no puedo.

—Estás muy guapa —le digo.

Katherine ignora mi comentario. Tiene la mirada fija en el féretro de tío Paddy. Sus pupilas tiemblan y parpadea nerviosa.

—¿Sabes cuál es la ventaja de ser católico, que no la tienes siendo protestante? —dice con la mirada fija en el féretro.

No respondo. Intento esconder mi confusión. Katherine continúa:

—El confesionario. —Hace una pausa—. El perdón de Dios es transmitido a través de esa caja de madera. —Y apunta con el dedo despectivamente sin levantarlo de su regazo y con la mirada fija en tío Paddy.

La miro intrigada.

—Katherine, ¿de qué estás hablando? —susurro.

—Cuando cometes un pecado, te metes en el confesionario, lo confiesas y el cura te da la absolución en el nombre de Dios. —Pone la mirada en mí. Un rubor tiñe mis mejillas—. En cambio, cuando un protestante comete un pecado, se las tiene que ver con el propio Dios. —Sus labios forman una sonrisa amarga—. Y ahí es más difícil que te perdone.

—Katherine, no entiendo de qué estás hablando.

—Hay tanto de lo que tú prefieres no entender —alarga cada palabra y su voz tiene un retintín incómodo—. Además, tengo unas uñas muy feas. —Y cierra las manos en forma de puño tapando las uñas con sentido de vergüenza, pero también de lucha.

¿Qué esconden sus palabras?

El padre Jonathan está en el altar preparado para empezar la misa. Levanta la mano para hacer pasar a varias personas. Tres hombres mayores que se sientan al fondo y una anciana al otro lado del banco. No los conozco. Tío Paddy se mudó a Malasia hace más de veinte años y yo no invité a nadie.

Katherine vuelve a mirar la hora y escarba en su bolso. La pequeña luz del móvil se enciende, y solo es perceptible por la persona que está sentada a su lado, yo. El padre Jonathan lee una parte del viejo testamento seguido de unos comentarios personales.

¿Qué traición cometió tío Paddy que Katherine no puede perdonar?

Saco la foto del último campamento de verano. La miro tan fijamente que parece que se mueve como una película. Mamá está a un metro de nosotras con las llaves del coche en la mano. Yo estoy agarrada al brazo de tío Paddy, que sonríe con una mueca tonta y tiene el brazo encima de Katherine. Katherine tiene un hombro más levantado que el otro como si quisiera darse la vuelta, como si quisiera escabullirse, como si quisiera... Hago un movimiento nervioso con la cabeza para arrojar ese pensamiento de mí. Mi estómago se encoge y cae en picado como un meteorito. La temperatura de mi corazón baja treinta y siete grados y el miedo congela mi cuerpo... como si Katherine quisiera escapar. Escapar de tío Paddy.

Padre Jonathan levanta la mano para que me acerque. Mi cuerpo no responde. La congoja ahoga mi garganta y llena de lágrimas los ojos.

—Toma. —Katherine me lanza un pañuelo y siento un escalofrío—. Lloras mucho por tío Paddy.

Muevo los ojos en dirección a Katherine, mi cabeza sigue el movimiento muy despacio y mi mano apenas alcanza el pañuelo.

—Lloro por ti —murmuro.

Katherine abre la boca, pero no dice nada. Me incorporo, miro el féretro de tío Paddy y luego hundo la mirada en ella. Me muerdo el labio y asiento nerviosa varias veces en afirmación. Lo sé. Katherine estudia mis gestos. En su rostro veo un destello de algo que no había visto antes, una máscara que se resquebraja. Un sentimiento que en otro estado de ánimo no hubiera percibido: vergüenza. Katherine es la mujer con más confianza en sí misma que he conocido. Y cuando veo la expresión en su cara, la vergüenza estruja su corazón.

Subo el primer peldaño como el condenado a muerte que se acerca a la horca. Tengo tantos nudos en el estómago como perlas un rosario. Pongo el pie en el segundo peldaño y mi cuerpo se tambalea. ¿Cómo pudo pasar algo así en la familia? Toco el tercer peldaño. Pongo la mano sobre el altar y con la otra mano aprieto fuerte mi carta de despedida. Al fondo, me observan atentos los tres hombres de traje oscuro y la anciana vestida de luto. Me parece ver a Tom también. Todo da vueltas en mí. Los dedos me tiemblan y no puedo abrir la carta. El padre Jonathan pone la mano en mi hombro. Me inclino hacia el micrófono. Papá tiene la vista puesta en mí. Katherine ha desaparecido.

—Tío Paddy… —Toso. Me aclaro la voz. Lo intento de nuevo pero el corazón cierra mi garganta y no me deja hablar. ¿Quién era mi tío? Los recuerdos con los que he construido la memoria de tío Paddy se desmoronan y explotan en mil pedazos como fragmentos de cristal. Ahora entiendo el odio de Katherine. Y también ahora siento una soga en mi cuello. La misma soga que sentí cuando desperté el lunes por la mañana. No puedo respirar. Mis piernas tiemblan, pierden el equilibrio, se desploman. No solo tienen que soportar mi peso, sino también el peso de la verdad.

46

Domingo, 15 de enero de 2006
Hora: 10.37

—¿Megan?

Es la voz de mamá.

—Megan despierta.

Abro los ojos, pero la luz es muy intensa y los vuelvo a cerrar. Alguien pasa una mano por mi nuca y me inclina hacia adelante. Una fuerte resaca me oprime el cerebro como si me hubieran dado un martillazo en la cabeza.

—Bebe un poco de agua. Te vendrá bien.

Entreabro los ojos e intento adaptarlos a la luz. La imagen borrosa de una cara se acerca y se aleja mientras me habla. Pone un vaso de agua en mis labios.

—Bebe. No sabía que tenías la menopausia. Has sudado mucho. Eso explica porque estás tan sensible —dice la voz de mamá.

Obedezco y doy un sorbo. Trago con dificultad, pero con avidez. Estoy sedienta.

—¿Estás mejor?

Katherine aparta un mechón de pelo de mi cara y deja el vaso encima de una mesita. Está sentada a mi lado y yo tumbada en un sofá. Confundí su voz con la de mamá.

—¿Dónde estamos? —pregunto, y noto la lengua hinchada.

—En la sala de espera de la iglesia. Te desmayaste. Llevas casi diez minutos inconsciente. Están llevando el féretro al cementerio.

Abro la boca, pero Katherine se adelanta:

—No harán nada hasta que tú llegues.

Bajo la mirada y los recuerdos vuelven a mí.

—Lo sé. Lo sé —repito.

—¿Sabes qué?

—Sé lo de tío Paddy. Lo sé.

Katherine se levanta de la silla.

—¿Estás preparada para salir? —dice mientras se pone su abrigo.

—Tengo que decirte algo, Katherine.

—¿Y no puede esperar? —Se ajusta los guantes y coge su bolso.

—No.

—¿No? —Levanta una ceja con expresión acusatoria.

—Lo sé —repito.

—¿Lo sabes? ¿Qué sabes? —Su mirada es de metal y antes de que responda, se lanza hacia a mí como una pantera defendiendo su territorio—. Megan, escúchame bien. Tío Paddy está muerto. M-u-e-r-t-o. —Y deletrea la palabra 'muerto' en el aire con el dedo índice—. ¿Lo entiendes? El pasado, pasado está.

Si las palabras de Katherine fueran hielo, hubiera muerto de una hipotermia.

Mis ojos no se despegan del suelo y mi voz es tímida:

—Katherine, creo que siempre lo supe, pero era más fácil ver la bondad de tío Paddy.

Katherine toma su móvil.

—¿Qué haces? —le pregunto.

—Mandando un mensaje a Tom. Que estás bien y que vamos de camino.

—Katherine, lo sé…

—¿¡Y qué si lo sabes!? —grita, y golpea con fuerza el móvil sobre la mesa—. ¿Qué quieres? ¿Un premio de honor?

—Katherine…

Katherine me da la espalda y mira a través de la ventana. No me muevo. Tampoco Katherine. Está quieta, como si mentalmente intentara hacer un esfuerzo sobrehumano por mantener la calma. Solo sus dedos se mueven nerviosos dentro de unos guantes de cuero. Hay algo que la retiene. Segundos más tarde su voz da rienda suelta a su historia:

—Mamá se tragó su pena y papá pensó que era una zorra por quedarme embarazada a los trece años.

La sorpresa me atrapa, y solo puedo observar la silueta de Katherine de espaldas a mí ante el marco de la ventana. Parece la musa de un cuadro de Dalí. Contempla su pasado a través de la ventana y lo desnuda con cada una de sus palabras:

—El día en que di a luz me anestesiaron. Cuando desperté, recordé de pronto aquellas noches en las que tío Paddy visitaba mi habitación cuando papá y mamá no estaban. Y sentí un profundo dolor de que alguien, que había cuidado de nosotras y había querido profundamente, hubiera actuado así. Y comprendí el daño que me había hecho. No solo fueron sus visitas nocturnas y sus perversos actos, sino la traición más profunda que podía sentir una niña de mi edad. Entendí por qué mi subconsciente había tapado la traición de tío Paddy, había tapado sus actos depravados, y entonces supe por qué los enterré en el olvido, porque no me acordé hasta ese momento. No tuve elección. Era una niña. Enterré cualquier memoria de abusos sexuales en mi subconsciente como un mecanismo de supervivencia para una niña indefensa. —Katherine sigue de espaldas a mí. Yo estoy petrificada. Hace una pausa para coger fuerzas y continúa—: Desde mi destierro en Irlanda, me encontré con tío Paddy por primera vez cuando murió mamá. Siempre busqué una excusa para no verlo. Papá y tú estabais de camino y yo quise llegar antes para ver a ese monstruo. Entré en la iglesia, en esta misma iglesia; y recordé mi pasado y lo recordé a él. Cuando me vio, al principio no me reconoció. Él estaba más viejo, más gordo, más feo. Me daba asco. Intentó abrazarme y lo empujé. Lo vi débil. Débil por primera vez. O quizás los años me dieron una fortaleza que no tenía de joven. De mi boca salieron las palabras más abominables que le he dicho a un ser humano. La cruz de Jesús estaba de testigo. Le dije que nunca había odiado a nadie tanto como a él y que deseaba verlo muerto. Me dijo que él también había pensado en la muerte. Que había rezado para morir. Y que más de una vez intentó quitarse la vida. Yo le dije que era un cobarde.

Mi estómago es una mezcla de fuego y ácido. No me atrevo ni a respirar. La historia de Katherine continúa:

—Hace un año, papá me llamó desde la residencia. Todavía no sé quién le ayudó a contactarme. Hablaba rápido y nervioso. Me dijo que tenía algo en la cabeza y que no se acordaba de cosas que había hecho ayer. Que perdía el control de su memoria. Me dijo que sabía que no había sido un buen padre. Me hablaba con desesperación. Repetía que había hecho algo horrible. Algo muy feo, pero no se acordaba de por qué yo lo odiaba tanto. También me dijo que esperaba que yo también olvidase aquello horrible. Que lo borrase de mi memoria. Le dije que no se preocupase. Y me respondió que solo quería que yo lo supiera.

Katherine gira lentamente y su serenidad me deslumbra.

—Después de colgar, lloré de tristeza, pero también de felicidad. Volví a sentir que era una niña, pero ya no me sentía culpable. No sentía culpa por cómo las acciones de tío Paddy marcaron mi infancia. —Se pasa una mano por el pelo—. Papá me dio las mejores palabras para curar mi angustia, lo que debemos recordar, pero también lo que debemos olvidar.

—¿Y qué es lo terrible que había hecho papá?

Katherine sonríe por primera vez. Con una sonrisa que me hace sentir que no he entendido su historia.

—Megan, papá entendió en su locura lo que realmente pasó y nunca lo vio tan claro hasta que entró en ese estado.

—Pero no te recuerda.

—No te equivoques. —Pone una mano en mi hombro. Parece más alta—. Prefiere no recordarme.

—¿Y qué pasó con tío Paddy?

—Tú también fuiste una vez víctima de los juegos de tío Paddy, pero no te acuerdas porque eras muy joven. —La afirmación de Katherine me deja inmóvil como si los dedos huesudos de un muerto atraparan mi garganta con alambres y no me dejaran respirar.

—¿Yo…?

—Solo pasó una vez. Eras muy joven y escapar no era una opción viable, así que supongo que preferiste borrar de tu mente aquel suceso antes que aceptar una traición. No es poco común entre los abusos infantiles.

—… el último campamento de verano —confirmo más que pregunto, y un pudor irracional atrapa mi corazón.

Katherine asiente con la cabeza.

—Desconfiar de tío Paddy, hubiera significado perderlo —su voz tiene un timbre que no había escuchado antes: compresión.

Cada músculo de mi cuerpo está inerte. No me salen las palabras. Noto los brazos de Katherine que me rodean y me dice al oído:

—Cuando tío Paddy se mudó a Malasia, pude quedarme tranquila en Irlanda porque supe que nunca te volvería a tocar.

47

Domingo, 15 de enero de 2006
Hora: 11.15

El cementerio es un paisaje de lápidas grises mal colocadas sobre un manto de hojas secas que recrea un arcoíris caótico de tonos marrones.

El sepulturero y Peter, el jardinero, rodean con cuerdas el féretro para bajarlo a la fosa. No hay corona de flores. Pedí que la dejaran en la iglesia. Un grupo de personas rodean el féretro. Parecemos un círculo de fichas negras de un juego de parchís macabro. Jaque mate. El juego de tío Paddy llegó a su final.

Un brazo roza el mío buscando mi mano. Es Tom. Toca mis dedos, pero yo no reacciono. Nadie dice nada.

Unos meses después del último campamento de verano, trasladaron a Katherine a un internado cerca de Dublín. Papá lo envolvió como una buena noticia para la familia y mamá aceptó. Estaban orgullosos de que su inteligente hija con un prometedor futuro iba a estudiar en una prestigiosa escuela irlandesa. Un conocido adinerado de tío Paddy intercedió. A las pocas semanas, tío Paddy dejó la sacristía y se marchó a Malasia. ¿Se fue para expiar su culpa?

Katherine mira como bajan el féretro a la fosa. No hay tristeza en su rostro, tampoco alegría. Solo serenidad. Y dentro de mí, el orgullo y el amor hacia Katherine se entrelazan como ramas de un mismo árbol. La semana que viene dejaré mi amor propio en casa e iré a Londres a verla y decirle cosas importantes. Porque las cosas más importantes son las que nunca se dicen.

¿Por qué volvió tío Paddy de Malasia? Hace un par de meses se instaló de forma permanente en la antigua casa que la Iglesia le concedió cuando se mudó de Irlanda. Estaba viejo y cansado. Debí haber creído a papá cuando me dijo que el vídeo era de tío Paddy. Mi cuerpo tiembla. Estaba tan segura de que se equivocaba. Me agarro al brazo de papá para que me dé calor.

Bajan el féretro hasta el final de la fosa. Me agacho y echo un puñado de tierra. Todavía tengo la certeza de que algo oscuro le pasó a mi tío la noche del domingo. Alguien cenó con él, puesto que encontré un plato de más en el fregadero. ¿Qué pasó durante la cena para que tío Paddy huyera en su coche en mitad de la noche? ¿Venganza? ¿Quién fue testigo de su huida? La policía no encontró indicios de criminalidad. Ni en el coche, ni en su casa. Mi respiración es más lenta y pausada. Al otro lado del féretro, tres hombres y una mujer, profesores jubilados de la antigua escuela católica, muestran respeto por la muerte de tío Paddy. El padre Jonathan los invitó y me dieron el pésame hace unos minutos. ¿Vinieron a cerciorarse de que tío Paddy está muerto?

¿Y la niña del vídeo? ¿Dónde está esa niña? Literalmente, tío Paddy se llevó el secreto a la tumba. Palas de tierra cubren el féretro y desaparece. ¿Cómo he estado tan ciega? Un escalofrío recorre mi espalda. La corriente es helada, pero es aún más helada cuando sabes que un ser querido ya no está contigo. O la idea de un ser querido. Respiro hondo y le doy cuerda a mi corazón.

Levanto la mirada al horizonte y pequeñas luces en el aire se mueven como luciérnagas. Un ligero mareo me nubla la visión. Enfoco la vista y me parece ver una figura al fondo en la entrada de la verja del cementerio. Parpadeo otra vez. La figura de una mujer sigue allí como un espejismo. La curiosidad golpea fuerte en mi pecho. Dejo el grupo y empiezo andar mareada hasta la verja. Alguien pregunta dónde voy. No presto atención. La figura es tan clara que creo que estoy soñando. Acelero el paso. La realidad y la imaginación juegan con mi mente. Es ella. El pulso se me acelera como un cohete en propulsión. Es la niña del vídeo. Un golpe de adrenalina me impulsa a correr. Se ha dado cuenta y se aleja, pero yo corro más rápido. La niña parece más mayor. Cruzo la verja y llego a la calle. Miro a los dos lados. No está. ¿Será ella la asesina que ha venido a reírse de mi tío? Vuelvo a mirar y veo que tuerce la esquina.

—¡Eh! —le grito. Pero me ignora.

Corro tras ella como un cazador tras su presa. Llego a la esquina y la veo en el aparcamiento. Nerviosa, busca las llaves del coche. No es una niña, es una mujer muy menuda de rasgos asiáticos. Se quiere escapar, pero yo no me voy a dejar ganar. Estoy solo a unos metros de distancia. Con el último aliento que me queda, doy el esprint de mi vida. La mujer entra rápido en el coche y pone el cierre de seguridad. Golpeo los cristales y grito otra vez. Me ignora. Tiene los ojos clavados en el salpicadero. Su mente maquina algo. No la voy a dejar escapar. A lo lejos veo a Tom. Levanto las manos para que venga. La misteriosa mujer enciende el coche. Yo sigo golpeando la ventanilla. Veo mi propio reflejo en el cristal y me asusto. Tengo ojos de loca. Veo a Tom correr hacia nosotras. La mujer asiática abre la puerta del coche y me grita:

—¡Sube!

Salto dentro del coche como un acto reflejo y salimos huyendo.

—¿Por qué tú me sigues, Megan?

Mi corazón late como una bola de nieve cuesta abajo. Jadeo tan rápido que empiezo a hiperventilar y el fuerte mareo crea la ilusión de que las ventanillas del coche son una pantalla de cine y mi vida pasa a cámara rápida.

No tengo el bolso, no tengo el móvil, no tengo nada. No sé adónde voy, y tampoco sé quién es la mujer que tengo al lado. Solo sé que ella sí que sabe quién soy yo.

48

Domingo, 15 de enero de 2006
Hora: 11.37

—¿Quién eres? —pregunto.

El coche huele a cigarrillo y a gasolina. La extraña mujer maniobra el coche con la urgencia de un niño pequeño en los coches de choque.

—¿Por qué tú me sigues? —Tiene acento asiático, una melena negra, larga y lacia; y sus rasgos son andróginos.

—Dime quién eres. ¿A dónde vamos? —Me agarro al cinturón como de una cuerda en un precipicio.

—¿Por qué tú me sigues? No quiero problemas.

—Quiero saber la verdad. Para el coche. Para el coche o salto. —Pongo el pulgar en el cinturón de seguridad y con la otra mano toco la manilla de la puerta.

La mujer abre más los ojos al ver mis brazos extendidos, preparados para saltar. Da un volantazo y para en seco en el arcén. La inercia me atrae hasta el salpicadero y el cinturón me devuelve al asiento. Las náuseas se revuelven en mi estómago. Estamos perdidas en mitad de un campo.

—No quiero problemas. Fuera. —Su aliento huele a cigarrillos y mala vida.

—No me voy hasta que me digas quién eres y por qué has venido al entierro de mi tío. ¿Cómo sabes mi nombre?

—Es mi coche. Fuera —repite, aunque su voz pierde fuerza.

Está asustada.

—¿De qué conoces a tío Paddy? —insisto.

—Tu eres la sobrina. Yo soy una amiga.

—¿De qué?

—De la iglesia.

—No te creo.

—No creerme, no me importa. —Encoge los hombros.

—¿Por qué saliste corriendo?

—No me gusta el funeral.

Abre la guantera y saca un paquete de cigarrillos medio vacío. Se pone uno en los labios y gira nerviosa la ruedecilla del encendedor con el pulgar varias veces. Sus dedos están manchados de nicotina.

—Mentira. Eres la niña del vídeo.

Su cuerpo se paraliza unos segundos. Se quita el cigarrillo de la boca, baja el mechero y gira el cuello hacia mí.

—¿Vídeo?

Sus finos labios hacen una mueca de sorpresa. Tiene la boca mellada como una niña, aunque sus dientes están amarillentos y contrastan con su aparente juventud.

—Tengo una cinta donde haces un estriptis.

—No hay vídeo.

—Apareces con un uniforme escolar haciendo un estriptis. Alguien te graba en una cámara oculta —insisto.

—¿Cámara oculta? —repite sin entender.

—*You'll be a woman soon.*

El título de la canción suena como un despertador y su voz sube una octava:

—¡Paddy! ¿Dónde está el vídeo?

—Lo tengo en casa.

—¿Cuántos vídeos?

—Solo tengo uno.

—Quiero el vídeo.

—Y yo quiero saber quién eres.

Baja las ventanillas y se enciende el cigarrillo. El frío del exterior me mantiene alerta. La mujer se queda mirando cómo sale el humo por su boca, lo que le da un toque sensual. Aunque la forma de fumar es torpe, como si hubiera aprendido hace poco o estuviera muy nerviosa.

—La vida en Malasia es difícil.

—¿Y mi tío te ayudó a venir a Inglaterra?

Da otra calada.

—Más o Menos. Tu tío ayuda a las niñas pobres en Malasia. Busca hogar, busca comida, busca trabajo.

Gesticula con el cigarrillo entre los dedos repetidas veces.

—¿Y conociste a mi tío en Malasia?

—Sí, muy joven. Hago favores.

—¿Favores?

—A hombres.

La mujer da una larga calada al cigarrillo.

—¿A tío Paddy?

No me molesto en ocultar mi sorpresa.

—Hacer favores muy joven es prohibido aquí. —Y apunta con los dedos mientras el cigarrillo es casi una colilla—. En Malasia, a veces, no. Soy niña con Paddy y no hay problema con la policía aquí. Es generoso. —Da la última calada al cigarrillo y lo tira por la ventana—. ¿El vídeo?

Expulsa el humo por la nariz como un dragón chino enano. ¿Estoy delante de la asesina? Mi pulso se acelera. A nuestro alrededor solo hay campo y frío. Abro la puerta del coche en un falso intento de estirar las piernas. La mujer me observa sin entender. Desde fuera apoyo las manos sobre la ventanilla bajada para disimular el temblor. El miedo y el frío se mezclan en mi cuerpo. Me inclino hacia el interior.

—¿Visitaste a tío Paddy el domingo?

Su cuerpo salta hacia atrás unos centímetros y su rostro se contrae.

—Tú eres loca.

—¿Lo mataste? —mi voz vibra y mis palabras salen con pánico de mi boca.

—Loca… —repite sin sentido.

—¡Respóndeme! —le grito.

—Tú sabes —su tono es más bajo y sincopado—: Tú viste por la ventana, tú viste a Paddy, tú viste a mí.

Cada frase atraviesa el aire frío entre nosotras y

entra en mis oídos lentamente, con dificultad. Sus palabras se hinchan y se distorsionan y suenan graves como la voz de un demonio en un exorcismo.

Miro el suelo confusa buscando desesperada una explicación que dé sentido a las palabras de esta prostituta. Mi cerebro no llega a procesar la información y la memoria lucha contra el olvido buscando algún recuerdo del domingo.

—¡Mientes! —grito aún más fuerte—. Voy a ir a la policía y les voy a contar que estuviste con mi tío la noche en que murió.

—Escucha bien, sobrina. Pon el vídeo en el buzón. Esta noche voy a tu casa. Si el vídeo no está, yo voy a la policía.

La miro con asco.

—¿Y qué les vas a decir?

Su sonrisa se llena de maldad.

—Que el domingo, tú y Paddy montasteis en su coche y desaparecisteis. Loca. —Arranca el coche y se va.

Lucho por contener la respuesta de mi cuerpo, pero las rodillas me tiemblan y caigo al suelo. Mi cuerpo es un feto adulto que se convulsiona en el suelo en mitad de un campo vacío de vida.

49

Domingo, 15 de enero de 2006
Hora: 13.35

—Operadora, quisiera hacer una llamada a cobro revertido.

Las palabras salen apresuradas de mi boca. Un tono, dos tonos y hasta cinco tonos. No hay respuesta. Por cada tono el ritmo de mi pulso aumenta. Por cada tono, el aire sopla más fuerte. Katherine, coge el maldito móvil. Y al séptimo tono escucho su voz:

—¿Sí?

—Katherine, tienes que venir a recogerme.

—¿Dónde te has metido?

—Estoy en una cabina en la carretera de Steyning.

—Nos has dado un susto de muerte. ¿Quién era esa mujer?

—No lo sé.

—¿No lo sabes?

—Una prostituta creo.

—¿Te metes en el coche de una prostituta que no conoces? ¿Estás loca?

—Conocía a tío Paddy. Es la niña del vídeo.

—¿De qué vídeo me hablas?

—Te lo explicaré luego. Necesito que me traigas el bolso. Ahí tengo las llaves del coche de tío Paddy.

—No te entiendo.

—Necesito recordar qué pasó en el coche el domingo por la noche.

—Megan, tienes mucho que explicar. Tom me ha contado lo de la policía…

—Por favor, ven sola.

Y cuelgo.

Veinte minutos más tarde y varios grados de descenso en las temperaturas, llega el coche de Katherine. Viene sola. Me mira a través del cristal, pero no me saluda. Aparca en la gasolinera y se acerca a mí con aire decidido.

—Toma, tu bolso. —Y me golpea con él en el estómago.

—Gracias —balbuceo.

Katherine resopla.

—Megan, por el bien de tu salud mental, esto tiene que terminar. Deja el pasado en el pasado. Solo puedes cambiar el presente. —Su mano atrapa mi cara y presiona mis mejillas—. Mírame. No tienes ningún derecho a echar sal en la herida. —Desvío la mirada. Katherine me acaricia la mejilla y me da un beso—. Me voy. —Y se da la vuelta.

—Katherine, necesito que me acompañes a recoger el coche de tío Paddy —le suplico.

—¿No puede ir Tom? Megan, tengo que volver a mi vida.

—Solo tú puedes ayudarme —insisto.

—Megan, entra en razón. —Pasa la mano por mi pelo y niega con los ojos—. Recoger el coche no te servirá de nada.

—Katherine, yo fui la última persona que estuvo con tío Paddy la noche en que murió. —Mi aliento se seca—. Y no me acuerdo de lo que pasó.

Katherine retira la mano de mi pelo. Sus pupilas se dilatan en un azul más intenso. Baja la mirada y se queda pensando. Su silencio me hace sentir aún más incómoda.

—Vamos —dice en seco.

Entramos en su coche y le cuento sobre las fotos de las niñas en el lago, el vídeo y la prostituta. Katherine conduce callada mirando la carretera. No asiente ni pregunta. Minutos después de terminar mi historia, llegamos hasta al borde de la carretera donde tío Paddy aparcó su coche la noche en que murió.

—¿Qué vas a hacer ahora? —pregunta Katherine.

Contemplo el coche y me produce el vértigo que sientes cuando estás a punto de entrar en una casa abandonada y te preguntas si entrar o huir.

—No lo sé —respondo.

Ahora es cuando espero que mi cerebro reaccione y mande alguna imagen a mi mente que aclare qué pasó aquella noche. Paso los dedos por el coche, un Renault 18 verde de 1989. Tío Paddy lo compró de tercera mano a un amigo de Tom hace unos años. Hasta que se mudó definitivamente, sólo lo utilizaba para ir de compras y hacer pequeños recados en las cortas temporadas que pasaba en Steyning antes de volver de nuevo a Malasia.

Abro la puerta y me siento en el asiento del copiloto, así será más fácil provocar un recuerdo. Katherine entra también.

—¿Quieres que lo lleve hasta casa? Una vez allí lo puedes llevar a un garaje y desguazarlo.

Ignoro su comentario. Respiro hondo: tapicería gastada, y del retrovisor cuelga un ambientador con forma de pino. Toco la guantera. La abro. Solo hay papeles viejos del coche y en el suelo un envoltorio de caramelo. Nada. No aparece ningún *flashback* en mi memoria. He visto muchas películas.

Paso las manos por la tapicería y algo me pincha la yema de los dedos. Se me escapa un quejido de dolor.

—¿Qué pasa? —pregunta Katherine alarmada.

—Un trozo de cristal.

Siento un escozor pero no sale sangre. Es una herida superficial. Acerco el cristal a la luz. Tiene forma de esfera y el tamaño de una moneda partida por la mitad. Estrujo mi cerebro buscando una memoria perdida. Entrar en trance, tener un *flashback*. Algo. Cuando la frustración es tan grande como mi deseo de encontrar una respuesta, una chispa salta en mi cerebro y mis ojos brillan. Una excitación hormiguea en mi pecho.

Saco apresurada el reloj roto del bolso.

Bingo.

La esfera encaja perfectamente:

—Es el cristal de mi reloj.

—Déjame ver. Marca las 18.47 —dice Katherine.

En ese preciso momento emerge una memoria de cómo me sentí.

—¿Puedes recordar emociones? —pregunto.

—¿Recordar emociones?

—El domingo por la noche tuve una gran discusión. Primero pensé que discutí con Tom. No estamos bien —confieso a Katherine con una complicidad a la que no estoy acostumbrada—. Ahora sé que la discusión la debí de tener con tío Paddy.

—¿De qué?

Aprieto fuerte el reloj en las manos como una médium.

—No lo sé.

—Y el reloj marca la hora en que lo golpeaste —confirma Katherine y asiento con la cabeza.

—Recuerdo sentir estar muy cabreada. —Acaricio el reloj—. Pero no sé de qué.

Muy cabreada, repito para mí y miro al exterior, esperando que la respuesta caiga del cielo. Afuera las temperaturas están bajando. Se espera nieve. La voz de Katherine me saca de mi trance y me da una respuesta:

—Quizás porque descubriste su secreto.

—¿Su secreto? —repito exaltada.

—Tío Paddy no esperaba tu visita. Confundiste los rasgos de la prostituta con los de una niña y tu subconsciente reaccionó.

Y añado la última pieza:

—Tío Paddy era un pederasta inactivo.

Katherine asiente.

—Te vio tan alterada que te metió en el coche,

intentó calmarte como hacía cuando éramos niñas y eso fue echarle leña al fuego.

Tiene lógica lo que dice. Continúo:

—Tenía un calor insufrible, mi primer sofoco.

—Y la traición se convirtió en rabia —añade Katherine.

—Y la rabia pasó al miedo. Miedo —repito.

Mi pecho se encoge y mi garganta se cierra. No puedo respirar. Por mucho que hayan bajado las temperaturas, un sudor incontrolable moja mi cuerpo y una colonia de hormigas se arrastra por mi espalda hasta mi cabeza produciendo un mareo tan grande que tengo miedo a perder la consciencia. Quiero gritar y no puedo. Quiero correr y no puedo. Quiero desaparecer y no puedo. Noto la mano de Katherine que toca mi hombro y me dice alarmada:

—Megan, ¿qué pasa? Cálmate. Te has puesto blanca como la cera.

—Histeria, pavor. Quería huir. —Miro a Katherine con desesperación—. ¿Por qué no consigo acordarme de los detalles? —Mi frente se encoge como se encoge mi corazón fruto de la angustia.

Katherine baja la mirada pensativa y juega con las uñas de los dedos. Abre la boca varias veces, pero no dice nada. Como si tuviera miedo de sus propias palabras. Cuando por fin lo hace, su voz es lenta:

—Para aceptar la realidad, tenías que aceptar la traición de alguien al que quieres profundamente.

—¿Una traición? ¿Qué quieres decir?

Katherine no levanta la mirada y continúa:

—Cuando éramos niñas mamá y tío Paddy nos

cuidaban. ¿Te acuerdas? Papá trabajaba fuera. Dependíamos de tío Paddy física y emocionalmente. Yo no registraba sus abusos, y al día siguiente ya los había borrado de mi mente. Los borraba para seguir queriéndolo. Era una niña. Necesitaba a tío Paddy para sobrevivir. —Hace una larga pausa buscando las palabras idóneas y sus ojos tiemblan al mirarme—. Era más fuerte el deseo de tapar la traición que la de aceptar la verdad. Un acto de supervivencia.

Pienso en la historia de Katherine y le doy sentido a mi propia historia.

—¿Y yo he sobrevivido esta semana suprimiendo inconscientemente la traición, borrando de esa forma de mi memoria la noche del domingo para así seguir queriendo a tío Paddy?

—No lo sé, Megan. —Suspira triste—. Para mí han pasado ya muchos años, pero quizás eso explique por qué no te acuerdas.

Me imagino la mano de mi tío agarrando fuerte mi brazo y al soltarme golpear el reloj con la ventanilla del coche. Me imagino la piel de su rostro cambiando de color. Me imagino escapando. Me imagino corriendo. Pero lo único que no imagino y que es real en mí, es la emoción que sentí: miedo.

Mi corazón hace una caída libre de cincuenta metros y la sorpresa me atrapa:

—Nunca sabré si lo maté.

—Megan, no digas disparates. —Los ojos de Katherine son más grandes y expresivos y su voz más fuerte—. Nadie lo mató. La policía no es tonta. Tío Paddy sufrió un ataque de asma.

—El doctor Brown me dijo que era un asma inestable provocada por las bajas temperaturas. Luego Sophie y yo buscamos información en internet sobre el asma. —Pongo la mano en el corazón—. Un ataque de asma provocado por una reacción emocional como reír o llorar.

Katherine tuerce una sonrisa.

—Soy demasiado escéptica para fiarme de internet. Solo sé que tú no lo mataste.

No digo nada. Me siento perdida.

—Megan, escúchame. Tuviste un ataque de pánico. Uno tan fuerte que te cagaste y saliste corriendo. Tan fuerte que tienes lagunas de memoria. —Katherine me coge las manos y me busca con la mirada—. Has tenido la valentía de volver. —Sus manos aprietan las mías—. Todo está bien.

Suspiro hondo.

—¿Y ahora? —pregunto perdida.

—¿Cómo que ahora? Ahora volvemos a casa, tú a tu vida y yo a la mía.

—Pero…

Katherine me corta:

—Megan, estás jugando con el pasado, ¿y para qué te sirve? Escarmienta. No te comas más la cabeza. Tío Paddy murió, y con él murió una pesadilla.

50

Lunes, 16 de enero de 2006
Hora: 10.25

A PUNTO de salir con la maleta y preparada mentalmente para la entrevista de trabajo, llaman por teléfono:

—¿Señora Evans?

—Sí, ¿quién es?

—Soy de la tintorería. Se dejó un abrigo aquí por recoger. Lo tiene arreglado y listo para cuando quiera.

—Voy de camino.

—Cuando quiera —repite—. No hay prisa.

Sí que hay prisa. Tengo prisa por vivir mi vida.

Estoy de pie en la puerta de mi casa esperando al taxi. Ya no tengo el video. La prostituta pasó por casa justo a la hora que dijo y se lo llevó. No hubo palabras. No hubo nada. Llevo la cámara conmigo. La mandaré por correo desde Escocia. No me quedan ya fuerzas para dar ninguna explicación a nadie. Al otro lado de la calle, el coche de Oliver no está. Un cartel grande está clavado en la verja de su casa: «Se vende». Me hubiera gustado despedirme de Oliver.

Mientras el taxi llega, abro el buzón y recojo las cartas acumuladas durante estos días. Se me iluminan los ojos cuando abro la invitación de boda de Sophie. Me alegro tanto por ella. Entre las cartas hay una hoja vieja arrancada de una agenda. Tiene varios tachones en varias palabras y unas manchas en una esquina.

La sangre se me hiela.

Es la letra de Amy.

Megan:

Siempre pensaste que mi vida era perfecta, pero no lo es. Tu marido me ha dado un apoyo incondicional y estoy a punto de huir de los abusos físicos y mentales de Oliver. Era demasiado arriesgado decírtelo hasta que mi hijo y yo estuviéramos a salvo. Siento que te hayas sentido engañada. No hubo tal engaño.

Espero que te mejores y salgas pronto del hospital.

La hoja huele a cigarrillo. Amy no fumaba, pero Oliver sí. Esta es la carta que Amy escribió aquel miércoles que me hospitalizaron. Luego, había planeado huir con su hijo lejos de Oliver. Ahora, los dos sabemos la verdad. ¿Le servirá de algo a Oliver saber la verdad?

Hago una bola de papel y la tiro a la basura.

—Buenos días —me saluda el joven dependiente—. Aquí tiene. El abrigo está limpio y tiene cosido el bajo. Está como nuevo.

Lo miro a través del plástico y recuerdo a mamá con él puesto llevándome de la mano al colegio. Este abrigo es como un talismán que me protege y me trae suerte.

—Gracias —le digo al dependiente.

—Un momento. También se dejó esto.

El joven pone encima del mostrador una pequeña bolsa con un objeto dentro.

—¿Qué es eso?

—Un inhalador, creo.

—¿Un inhalador? —Mi corazón se acelera y mis ojos se clavan en ese objeto, pero ya no me da miedo—. No es mío.

—Estaba dentro del bolsillo. Se lo habrá dejado por accidente. No sabe las cosas que se dejan por accidente.

—¿Un accidente?

—Sí, un accidente —titubea el dependiente.

Los segundos pasan despacio, y un ligero calor recorre mis mejillas. A veces sales buscando la verdad sin darte cuenta de que la verdad está más cerca de lo que crees.

—No fue un accidente. Fue la venganza a una traición.

Los ojos y la boca del dependiente se abren, pero no dice nada. Yo respondo con determinación:

—Lo puedes tirar.

Pongo la espalda recta y salgo de la tienda con la cabeza bien levantada. Las nubes han dejado paso a una luz fría y clara. El sol resplandece como un niño alborotado. Respiro hondo y doy un paso a la derecha.

Mi tío cargó con muchos pecados que perdonar, pero tuvo un pecado del que él no tenía la culpa: nació sin corazón. Por lo menos se pasó su vida creyendo que sí que lo tenía, así que me pregunto si lo podré perdonar; después de todo hizo algunas cosas buenas en vida.

Tomo el móvil y hago una rellamada. Al quinto tono suena una voz de barítono.

—¿Megan? ¿Eres tú?

—Tom, necesito verte. Tenemos que hablar.

AGRADECIMIENTOS

A vosotros, lectores, por dejarme contaros esta historia.

Printed in Poland
by Amazon Fulfillment
Poland Sp. z o.o., Wrocław
05 May 2021

8b6d42ad-275e-4315-ad77-20da2799cfa5R01